镜里霜花
镜外月清柔
待到白云飘近
再问几沉浮
……

吴亚卿题

推轮之辙

缪文中著

西泠印社出版社

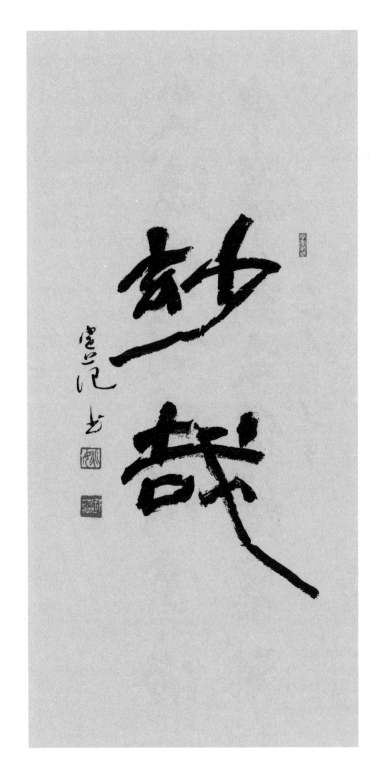

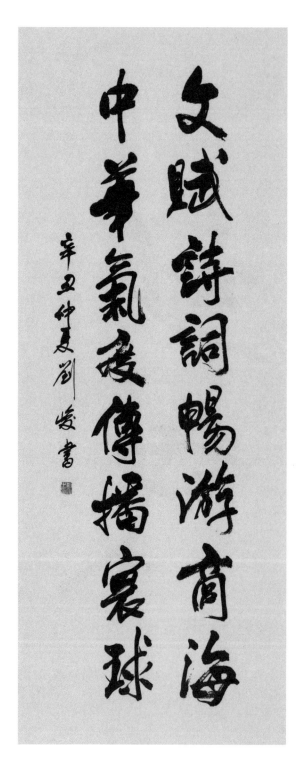

文赋诗词畅游商海
中华气度传播寰球

辛丑仲夏刘峻书

曲直交锺向上伸梯风沐
雨闯乾坤百年修得亮
骨不忘留传精气神

学文市诗 王和清书

序

吴亚卿

义乌，"初唐四杰"之一骆宾王与当代著名学者吴晗、陈望道之故里也。尝闻有"小邹鲁"之称，且以"博纳兼容、义利并重"与"崇文、善武、善贾"为风尚。改开以降，更以海纳百川之势跃为世界之翘楚。

余之初涉义乌，乃在五十三年前也。拙作《沁园春·金华旅次遇雪》云：

一日义乌，三日东阳，日半永康。正旅途奔走，风尘满履；异乡濡染，感慨盈肠。马散银杯，车翻缟带，玉甲弥天过婺江。千山句，竟油然脱口，即景成章。

环城四顾茫茫。乃欲访双龙终未偿。念功成李愬，奇兵入蔡；寒添苏武，秃节驱羊。其喜其哀，亦功亦罪，万物原来堪短长。随他矣，待梅开十里，映照轩窗。

其时于义乌仅一宿而已。与义乌人事之深度交往，则始自四十一年前与义乌居沪耆宿陈九思先生之诗词唱和。

壬戌（1982）之春，余以《余不唱和集》一卷与拙撰《西湖诗社欢迎苏步青名誉社长茶话会上口占》三首寄呈九思先生，蒙其回赠《读西湖诗社余不诗社吴亚卿先生佳什率呈三绝求政》。由是而后，杭沪之间便鱼雁频飞、迭相酬答矣！

甲戌（1994）孟夏，余应义乌朱丹溪陵园之邀往访，并为陵园撰联二副。越一年，复为入座生春馆题匾联各一。此后则与义乌之关系更趋紧密，如杨达寿、葛海有、沈肖宝、骆华桂、楼立剑、吴朗坤、吴森荣、吴优赛、吴艾倩等，皆有交往矣！

今岁春，义乌洵智宗长来电，言其甥缪君文中自习诗词有年，拟赴杭见访以有所请益。未几，缪君持其已由团结出版社出版之《鬓华心笺》上下册与《椎轮之辙》打印本枉驾青园敝寓，冀为其待梓之诗词集撰一序以弁端。交谈之际，知缪君岁逾半百，早岁由农而工而商，于九年前致力笔耕，至今一发而不可收。现已为中国诗歌学会、中国散文学会、浙江省作家协会会员，金华市作家协会、义乌市作家协会理事。其甲午（2014）夏至庚子（2020）夏之作已以《鬓华心笺》之名于庚子之秋问世。如今之《椎轮之辙》乃其庚子秋冬至壬寅（2022）夏所作诗词之结集。

余观夫缪君已梓与待梓之所作，乃见其受中华诗词魅力感召，以传承与弘扬中华诗词传统为己任，自学诗词九度春秋、艰辛摸索之轨迹也！缪君纯因性之所好，从不知诗韵诗律为何物，自门外徘徊，到渐入樊篱，大体了解平水韵、词林正韵与诗词格律，实属不易，精神可嘉。大略而言，其《鬓华心笺》上册系笔耕之初试，多数依"新韵"创作；下册则依"新韵"之作有所减少，渐见依平水韵与词林正韵之趋势。而兹《椎轮之辙》，遵平水韵之作已成主体。至于遣词造句、择体选材与夫谋篇布局，亦渐见进阶。

尝忆余卅载前论"诗学四端"云："一曰读万卷书，二曰行万里路，三曰得良师指授，四曰有益友磋商。"如今揆诸缪君九度春秋艰辛摸索之轨迹，于"读万卷书"与"行万里路"已有基础且尚无所限，于"良师指授"与"益友磋商"二端则阙如也。以致其艰辛之程度，亦可想而知矣。

鉴于二十世纪后半叶以来，"黉宫"之教学大纲无诗学之必修，学诗者但以"求诸野"为常态。即余之徜徉于诗海词坛六十余年，难忘戴中甫、徐曙岑诸良师之金针相度也。加以胞兄冠民与益友葆光、峙山、孝宠、翼奇、弘道、儒宗诸君之切磋，取长而补短也。良师指引于前，益友相商于后，洵所幸焉！

余今应邀为序，若虚与委蛇，则非君子之为也。爰酌举数事以贡拙。

中华诗词自两周间之四言进而至两汉已还之五言，此一言之增有其必然之规则。其节奏必以二二句式进为二二一或二一二句式为正则。降及两宋之词，始有若干一四句式之用。如李清照《醉花阴》之"有暗香盈袖"，辛弃疾《摸鱼儿》之"算只有殷勤"，拙撰《沁园春》之"竟油然脱口""待梅开十里"，胥是也。若以"尝削面煤都，观云冈窟壁"入于五言诗，殊不类也。

至如五言二二一与二一二句式或七言二二二一与二二一二句式，于诗中则以交替运用为宜，于近体律绝与词则尤不可犯"四言一法"之病。若以"……承旧习，……人聚集。……送春联，……飘秀逸。……留黑墨，……夸彩笔。……赞红衣，……皆助力"成篇，殊不堪也。

今人复有倡言以现代语言创作诗词之论者，余则未敢苟同也。诗词者，历千百年之遗产也。今人作诗词，乃传承其遗风余韵也。除提炼若干新语词以酌情择用以外，务须与唐宋语言声韵相一致，取法乎上，免坠于流俗之泥潭。

至于诗词之题材，大而国计民生万里乾坤，小而儿女情长吟风咏月，但以祛邪扶正、彰善求真为宗旨，皆然矣！缪君今正年富力强，更上层楼自必目穷千里。

缕陈如上，复赘七言四韵，聊申未及之怀云尔：

> 零落诗文历百年，扶轮大雅待加鞭。
> 唐音宋韵高标在，绿水青山随处妍。
> 意贵精深兼蕴藉，语经锤炼始周全。
> 吟边不失雍容态，跃上昆仑景万千。

癸卯暮春未立斋主人谨识于杭州青园

　　吴亚卿，号未立斋，著名学者、诗人、书法家。致力于语言、文字、文学研究与诗词、楹联、书法创作垂五十年。中华诗词学会发起人，中国楹联学会书法艺术委员会委员，浙江省辞赋学会副会长，浙江省语言学会楹联专业委员会执行会长，吴越文化研究会会长，台北"故宫"书画院名誉会长，中国王羲之书画艺术院研究员。

椎轮之辙能致远

——《椎轮之辙》序

楼立剑

　　夫椎轮者，大辂之始也；北宋邹浩有诗云："政如匠石椎轮后，始有光华大辂来。"其作始也简，其将毕也必巨。盖此理也。南宋许及之评东坡诗云："黄州诗兴椎轮耳，诗到儋州兴更浓。"东坡尚且如此，况乎缪文兄哉。

　　人之生存，闪电浮沤；人之遭逢，雪泥鸿爪。其人其迹，于世似宇宙微尘，于己则历历在心。百年风雨，万种思想，偶然指爪，若许自没于汤汤光阴、茫茫宇宙，此后何人复记？况天赋其人诗心一点，秃笔一支，敢负此哉。

　　缪文兄素有文才，历事亦深，每有所思，辄录于笔端，旧有《鬓华心笺》行于世，逾二年，又有《椎轮之辙》付梓，笔耕之勤，颇堪嘉许。吾观此集，诗词各体皆备，体物观心，触事成咏，往往语淡意深，有自家语。

　　借景抒情，而不落俗套者，如"几多思念融秋色，些许辛酸系世缘。"（《鹧鸪天·秋思》），"为追名利背虚衔。久藏酸涩怎开缄。"（《翻香令·秋意》），"秋深市景频添色，路远乡愁更保鲜。"（《晨起漫步城市绿肺偶感》）是也。随事而感，别有情愫者，如"群山随我轻移步。未觉光虚度。身边鸟雀私语，安心在此陪村妇。"（《梁洲令·平桥行吟》），"西风吹皱水，旧梦始重温。荏苒光阴三十载，皱纹溶解青春。"（《临江仙·与学友张旭锋同游义乌植物园有感》），"高铁飞奔追旭光，车窗外、物被拉长。绿水青山成一线，顷刻过余杭。"（《惜春令·高铁飞奔追旭光》）是也。观物察己，笔姿摇曳者，如"落叶随风荡层波，水深处、鱼虾戏。翘首芦花观鹭立，对高楼含睇。"（《留春令·湖之秋》），"细叶随风呈寡淡，挺胸呼雨显英豪。虽无瘦果知忠节，却有虚怀识晦韬。"（《竹》）是也。参悟深透，随缘达变者，如"弄影松边空寂寂，和鸣石上水潺潺。浮云本意随风走，野艾柔情为哪般？"（《春山踏青感怀》），"老屋旁边绿满坡，三条黑犬逐群鹅。古樟闲奏清明曲，耆叟轻哼世态歌。锤冷落，臼消磨。四檐陶瓦奈如何？庭前艾草幽香味，犹记南门故事多。"（《鹧鸪天·老屋》），"不知自己依缘少，难怪他人入戏深。"（《遣怀》）是也。

　　缪文兄诗，佳者自佳，瑕玷也显。其乐府喜铺排，而不计收放者有之；律则致力造句，而有句无篇者有之；应景搜句，而诗味寡淡者有之。然椎轮之辙，能致万里，滥觞之水，可纳沧溟。此缪文兄自知也，亦我之所期也。纵览此集，吾欣庆乌伤文脉赓续之生生不息，已知稠州诗坛昌盛将指日可待。逸兴横生之际，焉能不额手称庆耶？

癸卯初夏楼立剑为之序

楼立剑，中国楹联学会理事，浙江省诗词与楹联学会顾问，金华市诗词楹联学会副会长，义乌市诗词楹联学会会长。

自序

庚子国庆前夕，余七载自学之文稿经诗友举荐，以《鬓华心笺》之名付团结出版社刊行。赠阅后，点赞鼓励者实多，鞭挞奚落者盖寡；窃以为，指论纷飞，皆因余弃商从文半路出家之故也。

《鬓华心笺》乃余"温故而知新"之点滴收获也，归功于众师友之推动。有人问："汝吟诗何为？卖弄文采乎？"余浅笑而答："用诗词记录生活，嗜好也。犹如生活之中，有人爱玩牌，有人乐垂纶，有人崇出游……志趣相异罢了。"余抱"物欲横流中三分清醒，因循守旧外鹤立鸡群"之念，吟诗填词持续十余载，非情商不高、食古不化，实被唐风宋韵所熏陶，视其为人生一乐趣也。至于高歌"爱我所爱，无怨无悔"，乃痴迷之表露，故欺世盗名之论不足为道也。

余笃信兴趣为良师。自恋上平仄，内心日趋平静，常独居书斋，伏易安词中领悟绵绵情愁，潜东坡韵里体会豪情壮志，读美成词而感叹，诵幼安句即扼腕……无视尘俗，静心钻研。默读《声律启蒙》《笠翁对韵》，揣摩平水韵与词林正韵之差异，细考平仄去入演化之端倪，以此奠定声律根基；熟记传世名篇，探究作者创作时的社会背景与所处环境，推敲作者的思想与情感，从中解析经典名句历久弥新之原委，体悟人生哲理，以此汲取营养，进益经纬。

余吟咏"人生一世，草木一春""林花谢了，太匆匆"之时，伤感光阴之短暂；剖析"英雄无觅，孙仲谋处""无限江山，别时容易见时难"之际，惊觉回首之无奈；曾疑"弄风骄马跑空立，趁兔苍鹰掠地飞"之敞阔，却慕"且将新火试新茶，诗酒趁年华"之惬意。天命之前，改弦易辙，以韵律自慰，不问人生几何，姑且对酒当歌。

亦有文友征询："汝诗涉及面广，素材怎来？灵感何生？"余反问："君曾闻'生活如泥土，诗词乃陶瓷'否？生活乃创作之源，且能触动心弦。灵感者，心弦之韵也。"友茫然不知其解。余释其详："生活之中，意象之多，随处可见，触手可及。诸如蓝天白云、山原旷野、寺庙祠堂、叔伯邻里、悲欢离合……皆素材也。至于能否触动心弦，则出于个人之感知、思想、信念与价值观。'休因无绪而感叹，躬身践行为真理。'勤学、苦练、善思、笃行，乃创作之不二法门。然不可模拟古意，行闭门造车、无病呻吟之举。"友豁然，颔首打拱称受教。

与友之论，虽一孔之见，实乃余之体行。曾闻学习兴趣须不断激发，动力要持续赋能，犹如水滴石穿、绳锯木断非一日之功，温习与练习相辅相成。故余常以"学如逆水行舟，不进则退"之怀律己，秉持勤能补拙之念，使学习成为一种常态。经年劳心，虽无伟绩，偶有所获，拙作散见于《钱江晚报》《处州晚报》《义乌商报》《金华文艺》《枣林》等报纸杂志，常见于中国作家网、中国诗歌网、中华诗词学会官网，《北京诗词》《上海诗歌》《长江诗苑》《广州诗歌》《竹韵浙江》《笔墨天方》之类新媒体平台。

"及时当勉励，岁月不待人。"学之恒固然重要，虑之远焉能缺失。为鞭策自己砥砺前行，余将两年来所创550余首诗词结集成册，因前有《鬉华心笺》之轮，遂取名"椎轮之辙"。

以旧体之声律，吟时代之强音，别具一番风味。《椎轮之辙》乃余自庚子至壬寅年间心路历程之一二。文辞虽非尽善尽美，但求润泽婉丽，凝练精简；意境未达高深旷远，但含蓄深沉，清新隽永。因不忍违背古典文学之意脉旨趣，故定位为对中华优秀传统文化之传承与探索。

余寄此对"勤耕好学、刚正勇为、诚信包容"之义乌精神予以加注。盼《椎轮之辙》之刊行，有利于提升义乌文化软实力，助推义乌文化发展。

癸卯小满于北苑春盛小区

目 录

庚子处暑日抒怀

光亲树叶影婆娑，处暑羞言七夕过。

脚底凉鞋寻绿草，枝头乳雀觅秋波。

安心有爱休嫌少，底事随风莫太多。

美梦回萦堪买醉，余痕淡寂又如何。

2020-08-22

阮郎归·入秋

马蝉凄切为谁悲？风轻黄叶飞。去年墙角那枝梅，何曾见紫薇。

荷渐萎，念春雷。惊鸿将欲归。避羞篱菊露华催，凝神待曙晖。

2020-08-23

鹧鸪天·秋思

树叶翻飞雀寡言，游云欲转被风牵。几多思念融秋色，些许辛酸系世缘。

唏岁月，叹流年，为谁填此鹧鸪天？诗词一阕柔情寄，墨里余香伴我眠。

2020-08-24

喝火令·庚子申月初八夜抒怀

树叶仍安静,台风似逸虬,不知炎暑几时休。廊下草蔫花谢,无奈望高楼。

总盼秋风至,秋来却犯愁,夜深人静听筌篌。镜里霜花,镜外月清柔。待到白云飘近,再问几沉浮。

2020-08-26

唐多令·秋雨后

秋雨慰藤萝。西风入竹窠。那牛郎、应已过银河。申月盛阳滋玉桂,香溢际、蜜蜂多。

持笔欲描摹。挥毫始泛波。愣神时、方觉岁如梭。谁在耳边哼旧曲,提醒我、莫蹉跎。

2020-08-28

倾杯令·秋信

鱼隐荷残,蝉惊叶落,应怪西风骚扰。摇下枝头红枣。偷走湖边青草。凡尘杂事何时了。问秋光、无人知晓。凭窗静待鸿雁,雨后传来捷报。

2020-08-28

翻香令·秋意

恭迎秋雨逐焦炎。瘴云滞结卷窗帘。心初静,情怀远,患失时、梦里意犹黏。

为追名利背虚衔。久藏酸涩怎开缄。且徐步,休仓急,韵文流、方觉味甘甜。

2020-08-29　填于109路公交车上

珍珠令·问秋

梧桐叶落荷消瘦。晞光漏。不忍看、湖边垂柳。何以嫁东风。又遭风谤咎。

欲伴青山时雨后。问松树、入秋知否?知否?蹇足念泥鸿。休言蝇狗。

2020-08-29

鼓笛令·送行

有史以来最长的假期终于结束,送小女至义乌机场乘飞机返校。偶感而填此词以记之。

巽风逐暑藏凉意,叶沮伤、远离枝臂。转眼迎来开学季,最难忍、独行千里。

几欲伴游秦地,望天空、碧蓝如洗。展翅银鹰腾空起,目遥送、心牵挂你。

2020-08-30

探春令·重聚

季风回暖，信鸿焦躁，玄蝉声乱。盼层云、适度挥珠汗。解饥渴、驱炎散。

久违重聚三杯满。义和先交盏。浅醉将别际，倾情寄语，友谊金难换。

2020-08-30　填于春晗路酒酒饭店

访永和村偶感

几欲陪君访永和，寻回梦里那支歌。

农耕古物今稀少，贾氏宗祠故事多。

喜听禅音催奋进，如划棹桨逐清波。

来年合唱双江调，呼唤儿时那白鹅。

2020-08-31

玉梅令·送殡偶感

风吹叶落，顿悟光斜度。晨钟里、鸟声混浊。泣大恩未报，奉孝忍哀乐，心欲碎，七情躁虐。

青山绿水，犹懂忠魂魄。香烟起、泪垂别鹤。望墓堂遗像，念恳挚音容，亲远去、悟明弦朔①。

2020-09-02　填于清溪水库旁福泽园

---

① 弦朔：喻彼此间隔，难通音信。

解佩令·诗集二校有感

枝随风舞，谁知花苦？望云烟、光阴难负。杞菊迎霜，散落叶、欲归何处？那寒蝉，寡言羞语。

春秋几度，辛酸几度。未消磨、前行驰步。结客文坛，且静心、修桥开路。有怨尤、自堪引注。

2020-09-02

破字令·喟叹娘衰老

喟叹娘衰老。护子意、门神知晓。生教哺育历辛酸，未曾求答报。

承恩赡养宜从早。克忠勤、善怀仁孝。奉行礼义，崇尊孔孟，为人之道。

2020-09-03

折花令·秋意

乏力油桐。西风点染添丰彩。沐雨后、装醋态。银杏已娇羞。惹人青睐。

秀岭安逸。随吾走进新时代。秋已至、情常在。赏叶上高台。神游物外。

2020-09-04　填于福田公园

留春令·湖之秋

碧澄湖面，栈桥恬卧，野凫成对。落叶随风荡层波，水深处、鱼虾戏。

翘首芦花观鹭立，对高楼含睇。祈雨残荷沐钟声，了无语、明禅意。

2020-09-04　填于福田公园

风蝶令·自问

忽遇秋风起，犹闻竹雨迟。翻飞落叶又南归。欲把断红①捎去、免相思。

梦见吴刚际，窥寻玉兔时。个中滋味有谁知？写下象声文字、正相宜！

2020-09-05

折桂令·秋藤悟

越高墙、仰慕黄藤。携抱宗兄，牵手亲朋。叶展同心，枝伸协力，各显灵能。

为追梦、从无辍耕。半顽痴、也是人生。未卸真诚。僭越青春，浴雪重征。

2020-09-05

---

① 断红：这里指飘零的花瓣。

红色前洪

为求真理沐腥风，火种燃烧映宇穹。

几代吴男洒热血，此方水土造英雄。

曾吟曲令瞻前辈，再赋诗篇祭外公^①。

史迹堂前明节志，时光不会忘前洪。

2020-09-06

梁洲令·平桥行吟

久盼离炎暑。且喜今迎秋露。披霞顺路访平桥，平桥却隐丹青处。

群山随我轻移步。未觉光虚度。身边鸟雀私语，安心在此陪村妇。

2020-09-07

半痴人

不悲天命远人群，醉入书房着墨熏。

夙愿无违追雅韵，痴心未改品经文。

诗词寄语传千米，律赋开怀释万斤。

暮鼓声中寻轨迹，暴风雨后赏霞云。

2020-09-09

---

① 外公：作者的外婆家在前洪，前洪的几位烈士与作者外公同辈，所以尊称外公。

惜春令·高铁飞奔追旭光

高铁飞奔追旭光,车窗外、物被拉长。绿水青山成一线,顷刻过余杭。

善爱新篇章,似丹桂、八月尤香。厚意深情沿轨道,传递至申江。

2020-09-10　填于G7492次高铁停靠杭州站之际

锯解令·沪上行偶感

爱心传递至申城,访战友、平安互勉。前车转速太迟徐,老首长、几年未见。

遇风眨眼,对比方知寡浅。高楼大厦具无言,那细雨、把思带远。

2020-09-10　填于宜必思上海吴中路店301房

宋词十七令练习完成有感

填完十七令,愈觉宋词亲。

有意求真智,无心去效颦。

居中尝趣味,独自品琼津①。

不为三秋果,犹嫌雨过旬。

2020-09-11

---

① 琼津:指晶莹如玉的液汁。

西江月·秋入凤凰谷偶感

昨夜鸟言干热，今晨叶说清凉。劲松头发已微黄，巨石矜持守望。

吉梦还存逸趣，闲情不负流光。邈思坠入水中央，树叶迎风鼓掌。

2020-09-12　填于凤凰谷

诨语

常时显晦藏真意，转眼征鸿已向南。

落叶随风收夏暑，青山沐雨带秋岚。

枝头鸟雀无空话，事后曹操付笑谈。

失败原因归李四，成功可会奖张三？

2020-09-13

临江仙·秋雨感怀

郭外浮云游弋，枝头黄叶萧疏。秋风携雨把尘除。黛山藏月影，情意入茶壶。

休问内心安否？先观行动何如。适时追梦岂能无？悲欢凝合力，晴好起宏图。

2020-09-14

薛乔行

欣闻岳秀到薛村，沐雨乘风觅古痕。

叠叠飞泉将石噬，蒙蒙隐雾把山吞。

农耕文化留声影，仰慕先贤感宿恩。

喜看双峰添气色，浙江中轴入家门。

2020-09-16

鹧鸪天·诗集审校结束有感

落叶无言顾自飘，残荷逸影更妖娆。去年淋雨休追问，今日迎风且展招。

时寂寂，路迢迢，夜深平仄抗清寥。人生一路皆风景，容我吟诗过栈桥。

2020-09-17

鹧鸪天·感怀

若为闲愁久寂寥，凝思不必惑尔曹。夙心平际风云变，真爱来时妒恨抛。

人半世，物三朝。晚舟迎浪不停摇。逢秋且把浓情寄，瑞雪含梅引玉箫。

2020-09-17

题在《鬓华心笺》出版际

出版心笺品苦茶，谁知六载浣溪沙。

三分逸趣藏诗句，一片深情染鬓华。

似水流年难背负，如歌岁月怎添加？

寒梅傲雪隆冬后，枯木逢春亦发芽。

2020-09-18

访宗忠简公祠有感

盘溪之水绕宗堂，上祖英名愈显彰。

一世清明情不短，三呼壮志义绵长。

忠魂慰藉丹徒地，傲骨回萦在故乡。

秋雨浴檐风伴谒，教吾不必再彷徨。

2020-09-19

鹧鸪天·参加"八婺颂小康"赛诗会有感

与何恃坚、吴文军赴浦江上山村，参加"八婺颂小康"中国农民丰收节赛诗会。归来填此词以记之。

八婺文朋聚上山，吟诗作赋屡言欢。义融甘露滋泥土，情入葡萄满玉盘。

穿彩服，坐雕鞍。万民同庆震仙坛。秋风不识丰收节，也唱清歌把意传。

2020-09-21

近中秋抒怀

人生半路已匆匆，如梦醒来景象空。

些许情埋悲憾里，几多爱付笑谈中。

乱痕深浅无须懂，志趣高低得认同。

只要清风明月在，何求折桂去蟾宫。

2020-09-22

秋雨后感怀

秋雨洗尘浅雾披，高楼掩面看云移。

残荷俯泣何人问，客雁南归旷野知。

无悔青春将老去，但求圆月不相欺。

西风染鬓难回首，谁在镜前叹别离？

2020-09-24

秋日感怀

风来败草无头绪，雨至纤萝有气神。

久慕浮云多逸趣，时怜落魄独行人。

且将丹桂当秋意，还待东风送丽春。

误入黉宫行七载，方知治学有经纶。

2020-09-25

秋意（一）

枝头叶渐稀，客雁亦南归。

慢品丰收果，悠添保暖衣。

赏霞犹未晚，寄趣正依韦①。

可叹风中桂，香浓惹是非。

2020-09-26

秋意（二）

梧桐落寞叶微黄，银杏为谁化淡妆。

欲问游蜂何处去？秋风已送桂花香。

2020-09-27　作于城市绿肺思古塘地段

醉秋吟

金黄皂果浮枝叶，沁鼻浓香出桂株。

绿水清波摇逸影，瀛台凤阁缀丹图。

邀松促膝谈明月，把酒临窗说绣湖。

饮至烟光同醉际，回头几度盼风扶。

2020-09-27

---

① 依韦：形容乐音抑扬动听。

卜算子·参观观赏石文化艺术博览会有感

奇石聚龙回，气满村增色。清秀姑娘把手招，堆笑迎商客。

孝义乃常伦，载物延恩泽。光洁新房恁整齐。不失吴风①格。

2020-09-28

和黄选之《无题》

香浓溢万家，正好品清茶。

国庆中秋月，同时照桂华。

附：黄选之《无题》

谁栽三两树，篱外发黄花。

忽如清风动，便香千万家。

2020-09-30

双节拾趣兼和宋院长

喜迎双节花私语，共沐幽香折几枝。

银杏染黄风不待，红枫出彩菊凝思。

浅尝葱蒜留余味，慢品糖瓜得自怡。

灯火阑珊歌几曲，时光静好益舒迟。

2020-10-01

---

① 吴风：龙回村乃吴姓聚居地。

中秋夜感怀

团圆之日急回家，陪伴双亲奉酒茶。

月饼香甜融母爱，乡情助力闯天涯。

结缘脸上添纹皱，何故额头染鬓华？

寄语银河千万里，丹心一片映朝霞。

2020-10-01

携妻游二乔故里有感

双节来临毒渐消，秋阳抚树乐鹪鹩。

一心奔赴丰收处，两耳充闻喜庆谣。

头顶白云停脚步，路边籼稻把旗招。

风车转达光之语，许我重吟锁二乔。

2020-10-02

义南游感怀

国庆长假第二天，携妻同游义南多地，二乔故里、佛堂老街、缸窑古村、双林禅寺、塔山云黄寺。感而作此以记之。

微风拂面唤啼鹃，大雁南归信义牵。

多彩桂秋融土地，至纯清气上云天。

重游故地寻遗迹，到访新城结善缘。

古塔红缸曾问我，为何快马不加鞭？

2020-10-02

叠萝花·望月

入夜望长空，风轻月秀，墙角家猫缓开口。宿云扰乱，欲掩玉盘明透。彗星何处去，君知否？

金桂飘香，红旗招手，雅趣怡心逐眉皱。纵然时短，谁会在乎光漏？尽情歌一曲，休持后。

2020-10-03

蝶恋花·痴情

月桂凝香含笑语。备好妆奁，只盼蜂来娶。雀嘱梧桐三四句，奈何他与西风叙。

试问流年谁做主？昨夜星辉，已被浓云堵。欲把寸心来托付，时光恐被痴情误。

2020-10-04

浣溪沙·庚子桂月十九夜思

月朗星稀旷古明，清风拂面气宽平。闻香再度话曾经。

一阕诗词心可鉴，几分优雅笔难停。个中滋味总关情。

2020-10-05

临江仙·与学友张旭锋同游义乌植物园有感

幸福湖堤留合影，链条①犹懂情真。嫩黄银杏斗乾坤，西风吹皱水，旧梦始重温。

荏苒光阴三十载，皱纹溶解青春。节间偶得自由身，近观鱼对戏，难舍亦难分。

2020-10-06

水调歌头·重聚

10月7日，善爱团队部分成员应约在立碑塘楼关海老师家相聚。觥筹交错，其乐融融。半酣后又添几位好友，连干三杯，烂醉忘归。感而填此词以记之。

霜菊未苏醒，落叶欲云游。夏装犹在，为何丹桂把香收？甜柿鲜红争艳，银杏趋黄落寞，山雀慕高楼。日影不停步，转眼过中秋。

友相聚，牵茧手，对双眸。宋词配乐，喟叹明月已如钩。虽觉烟光乍老，似感年华虚度，酒后胜闲鸥。最怕风吹醒，唯盼再同舟。

2020-10-09

---

① 链条：指湖畔的铁链。

秋日私语

落叶追风又一批，远山应觉阁楼低。

残荷俯视鱼栖影，麻雀悲鸣日坠西。

被逐浮云何处去？秋融景象俗尘迷。

前生蝶梦谁能解？醉入诗中自答题。

2020-10-11

晨起漫步城市绿肺偶感

梧桐击掌问蓝天，棘蔓爬墙把绿牵。

一束曦光穿侧柏，几条锦鲤戏枯莲。

秋深市景频添色，路远乡愁更保鲜。

岁月如流休再等，清风伴我续心笺。

2020-10-13

沐曦行吟

晨曦逸照影婆娑，虫豸得闲出草窠。

湖畔鹭鸥甘寂寞，河边钓者把光磨。

蹉跎岁月风吹走，坎坷人生叶奈何？

莫道秋深君不识，静心倾听鸟欢歌。

2020-10-14

临江仙·访杨达寿教授偶感

钦佩真知灼见，初逢浙大前门。风行百里感慈恩。玉泉迎细雨，我会故乡人。

微信推心置腹，序言①倍感情真。诲人求是众崇尊。时间零碎布②，缝出美诗文。

2020-10-15

浣溪沙·浅尝秋色亦陶然

落寞枯枝拍画栏，西风卷叶百花残。含羞墨菊自寻欢。

谁说世间无况味，时闻笔下有平川。浅尝秋色亦陶然。

2020-10-17

走进爱心助残社会工作服务中心有感

不懂沟通缘智障，只因麻痹步蹒跚。

常人眼里难平等，命运不公凄泪弹。

社会关心羞上帝，人间大爱逐严寒。

多姿舞里欢颜出，悦耳歌中志不残。

2020-10-18

---

① 序言：本人诗集《冀华心笺》是杨教授作序。
② 时间零碎布：原为"时间零头布"，杨教授退休后，充分利用"时间零头布"进行创作，至今笔耕不辍，成果颇丰，令人钦佩。

清波引·秋思

时临霜降。泛黄处、竹林掩嶂。叶频遥望。西风起惆怅。乳雀亦悲叹，杂乱歌声回响。落红挑逗青凫。踏楼影、逐纹浪。

随人俯仰。曝光际、心静止谤。勿须争让。世情写眉上。吾侪本飘逸，习性唯从烟莽。春梦再度萦牵，虑思弥广。

2020-10-20

西江月·刮痧偶得

肩颈木僵劳损，背腰酸胀难伸。几多烦恼致头昏。让我刮痧排困。

未识因由何在？感知形态惊魂。闲时一味入黉门。忘却高低尺寸。

2020-10-21

庚子九月初六夜吟

又到重阳月半弯。微风沁润似春还。

不知寒气晨凝露，怎叫霓虹夜入关？

寂静灯前心寂静，千般景色意千般。

朦胧夜趣何须懂？却等繁星住雪山。

2020-10-22

幸福湖畔漫步偶得

是谁摇杏树，让叶逸江河。

霜降山添色，鱼游水泛波。

林间鸟缱绻，湖畔影婆娑。

柿露深秋意，风哼幸福歌。

2020-10-23

致敬老兵

几多刚毅须眉上，未减当年壮志情。

浴血援朝驱美帝，出征卫国保和平。

经由战火存风骨，历尽沧桑还是兵。

他说强权侵寸土，定教胡虏缚长缨。

2020-10-24

重阳登萧皇岩偶得

落叶满台阶，清风吸布鞋。

浮云头顶逸，野草路边排。

携老尝秋色，登高遣虑怀。

禅音萦旷谷，竹影溢重崖。

2020-10-25

应天长·赏秋

红椒斗艳，黄豆迭双，青枫不识同伴。四处绿丛烘染，层云被风唤。含羞菊，南归雁，笑月季、世尘迷恋。叶飘过，鸟雀凄悲，顾自嘘叹。

随感忆春华，洗净冬寒，桃后李犹灿。未料祝融侵蚀，清凉众皆盼。思秋际，心涣散，桂香沁、马蝉声断。月光下，树对谁言？休再舒慢。

2020-10-26

惜红衣·秋意

落叶随风，冰轮逐日，桂华留迹。浴露枝头，残花已难觅。张皇鸟雀，孤独唱、其声如泣。云逸，飘过群楼，看寒藤爬壁。

凡尘过客，环顾前行，谁能识形魄。仪容虽不出色，却勤力。可叹半生虚度，不悔舞文吞墨。盼蜡梅迎雪，辉映脑中平仄。

2020-10-28

参加"江东杯"颁奖典礼有感

一场文学宴，字字赞江东。

立意多元化，情怀不异同。

弘扬真善美，契合信良公。

老少齐头进，青年出俊雄。

2020-11-01

题南山里中韩文化交流节

昨日南山众赋诗，情浓义合中韩知。

江东儿女多才俊，兴业无须溢美词。

2020-11-01

少年游·秋郊（苏轼体）

木樨香尽，痴迷银杏，枝上鸟伶仃。残荷虽败，钟情伺水，其志胜冬青。

月季又来邀春色，归雁却成行。不忍西风摧疏影，曾经话、说谁听？

2020-11-02

行香子·庚子菊月十八游南山公园偶得

花叶凋残，林沼斑斓。暮秋色、填满南山。拾阶而上，遍览城关。瞰楼群立，江流过，路回环。

迎风吸纳，观云闲适，问胶鞋、何故高攀？青岩呼喊，意在冈峦。愿内心静，信心满，世心宽。

2020-11-03　填于南山公园

玉楼春·题幸福湖花海

幸福湖边新气象，百亩菊英齐绽放。几多游客掉花丛，三两蜜蜂浮蕊上。

醉了层云心恍荡，撩得画眉歌乱唱。若非银杏叶提神，是夏是秋皆淡忘。

2020-11-04　填于城市绿肺幸福湖畔

蓝天白云

团团白絮把天侵，
沐浴霞光忘俗襟。
我问朝云何处去，
追风揽秀觅知音。

2020-11-05

幸福湖畔行吟

色入湖中湖入色，
天是蓝时蓝是天。
山水尚能呈喻义，
幸福于人一念间。

2020-11-06

老大乔迁新居四兄弟重聚有感

心怀缱绻屡思前，疫后重逢义了然。

夜冷灯明推月影，情深意切划征船。

知音合唱犹添色，晚照扬波不打单。

卅载金兰通旧梦，须眉皓齿砺金砖。

2020-11-06

临江仙·幸福湖边林渐染

幸福湖边林渐染，层层色彩难分。春花转眼已无痕。秋风吹落叶，逸趣寄诗文。

绿水轻波鱼自在，曦光洗净浮尘。余留淡月比天真。谁能知后世，再莫叹前身。

2020-11-08　填于幸福湖大坝

秋夜抒怀

寥寂夜空嵌瑞星，霓虹隐晦入荧屏。

寒风劈脸车驰过，落叶无言树涕零。

斗转星移何必问，是非曲直话曾经。

身旁只影跟随我，我欲停时他亦停。

2020-11-09

鹧鸪天·碧绿冬青浴曙光

碧绿冬青浴曙光，梧桐掌叶为谁黄？败荷传意依清水，枯蔓凝神过界墙。

迷乱际，忘初凉。眼前秋色且收藏。鲜红柿子通幽梦，唯美商城是我乡。

2020-11-09　填于城市绿肺（义乌植物园）

保定禅寺参禅有感

莫嫌金粉裹泥身，肃穆庄严看俗尘。

罡气森森名利淡，香烟袅袅物情真。

晨钟暮鼓谈公道，佛法禅音醒世人。

借取霞光添妙色，正行正义正常伦。

2020-11-11

浪淘沙令·南王店印象

心被暮秋牵，醉入江边。南王店畔秀难言。画里芦花依碧水，倒影缠绵。

修竹不心酸，宿鹭追欢。层林尽染钓云天。郁郁青山离市井，奏起和弦。

2020-11-12

尘心转寄

浮云躁动意朝南。落叶翻飞送密函。

谁让西风吞景色，却教枝节画青蓝。

春秋几度何须问？雨雪三番不避谈。

写罢诗词寻雁影，尘心洗净戴梅簪。

2020-11-13

荷叶杯·红糖系乡愁

绿叶被风吹落，谁错？唯有老农知。红糖香溢正当时，携手不宜迟。

记忆未曾中断，嘘叹，疲倦起乡愁。闲情何必寄浮鸥，休要再悲秋。

2020-11-14

鹧鸪天·千年银杏寄怀

本月 11 日，曾与妻携父母前往杨典桥观赏千年银杏，匆忙间未曾留只言片语，今天看到余校的朋友圈图片，兴起依余校韵填此词，以补当日缺憾。

水稻金黄已暮秋，枯荷自逸引思稠。百年风雨桥边过，千载情缘树下留。

男俊朗，女娇羞。世华争艳锁双眸。清香助我离骚意，长寄兄台请自收。

2020-11-15

书房孤吟

清澈苍穹缀赤乌，形单影只缺云扶。

窗前落叶轻飘过，纸上尊贤正疾呼。

习作诗词多险道，兼修格律少平途。

他时若得千钟粟，仍盼繁星扫月孤。

2020-11-16

岳母

踏步塘边洗泞泥，东山顶背整洼畦。

风霜篆刻额眉上，世道看穿眼不低。

卧榻心犹牵子女，古稀意未弃锄犁。

若能借得回春药，难改躬身伴日西。

2020-11-18

暮秋之音

谁点染层林，欺屏又锁心。

荻花描彩画，栈道抚弦琴。

若懂春秋意，休提百万金。

浮云知会我，静听叶之音。

2020-11-19

暮秋之感（依黄选韵兼和）

夜雨除尘几许凉，蒙蒙隐雾把山藏。

西风扫叶红旗展，鸟雀寻欢月桂香。

小雪来临欲见雪，立冬早过未迎霜。

且将秋意当情趣，喜得诗词又一行。

2020-11-20

青溪邻里坊

应北苑街道爱民社区刘书记之邀，为爱民社区青溪邻里坊而作。

你我同社区，有缘成邻居。

见面微笑起，遇事讲道理。

和谐同分享，文明共传递。

楼道通友谊，齐心爱青溪。

2020-11-21

台城路·秋雨后漫吟

西风携雨将窗洗，悄然感知寒意。乳雀悲鸣，鲜花被窃，落叶从时铺地。枯枝冥寂。望无绪浓云，滚如潮水。掩日侵天，为何翻覆不停止？

风云原本善变，对高楼大厦，怀才抱器。事业难成，心情萎靡，空有诗词可比。真需努力。借净色迎冬，慎谦和悌。待到梅开，定能追上你。

2020-11-22

伏虎桥吟

伏虎华容立眼前，草花晨暮尽怡然。

身边古渡经霜月，背后新楼润紫烟。

昨日风云存照片，今朝景象慰尊贤。

清波不肯西流去，应是胸中有下篇。

2020-11-23

造访左岸迷香有感

适逢一年一度佛堂十月十，应邀前往位于老街浮桥头五号的左岸迷香服饰店做客，感而作此。

左回才见老商行，岸转方知到佛堂。

迷惑双眸盈大脑，香环古镇化浓妆。

衣橱满溢容颜润，食欲平增体力强。

无咎犹须思此地，忧怀不必去他乡。

2020-11-23

西江月·红糖厂抒怀

未等红糖凝结，却迎沁鼻香飘。种收甘蔗几辛劳，滋味谁人知道？

孩子临锅生趣，老人怀旧熏陶。春花秋月已残消，静待梅来斗俏。

2020-11-25

谒金门·迎冬曲

秋已退，枝叶乞求安慰。芦橘①缘何花半睡？有谁能体会？

休说世尘劳累，切莫被钱迷醉。流水落花须面对，笑声添趣味。

2020-11-26

一斛珠·百日菊花海

乌云失态，风吹叶落围墙外。梯田蜕变成花海，夺目清心，绊惹游人爱。

春夏繁华虽不在，痴心一片难更改。初冬静谧休言败，世事轮回，定有新生代。

2020-11-27　填于幸福湖大坝

---

① 芦橘：即枇杷。

采摘红豆杉果有感

久闻红豆生南国，未料青杉待丽人。

欲伴浮云平黛壑，参随笑脸润樱唇。

蛇弯几度追仙路，凤转千回养气神。

一入云山多快语，初冬草木益童真。

2020-11-29

商海回眸

纵横商海几沉浮，未觉凌波逾卅秋。

纹皱初心犹未改，鬓华壮志已难酬。

转身修学平心态，无意追名卸内忧。

且用诗词填岁月，轻哼元曲展歌喉。

2020-12-01

庚子冬月抒怀

越冬蛙蚓气羸孱，叶入南窗拐道弯。

面北方知风瑟瑟，凭栏却念雨潺潺。

单程客路多磨难，坚定信心过五关。

为爱痴狂皆本色，真情付出不须还。

2020-12-02

题百日菊

大雪将临菊盛开，挺胸直面冷霜摧。

丰姿只为冬添色，妩媚犹思蝶伴陪。

笑看浮云心不乱，悠扬艳蕊意相偎。

西风卷叶她难舍，无悔随光醉一回。

2020-12-03

题在国际残疾人日

　　国际助残日，参加在北苑街道杨街文化礼堂举行的义乌市第一届残疾人之家联谊会。感而作此。

皆知残疾苦，苦处实堪怜。

不见身边物，难闻耳后泉。

依轮来代步，卧榻却无眠。

质朴无空话，清纯盼结缘。

歌声传心巧，手语诉意坚。

笑面人生路，志强写续篇。

2020-12-03

长相思慢·冬韵

落叶归根，西风败草，银杏遗失丰姿。严霜尚未袭扰，冬青含蕊，翠柏凝思，风竹愚痴。叹层林萧瑟，沃土凌欺，鸟雀心疲。蓦然间、斗转星移。

处千变红尘，蝶梦无痕已断，旧话依稀。扪心自问，愧对青春，僭迹休提。闲时捉笔，奈年华、情意难离。望蜡梅、香不轻语，人间冷暖她知。

2020-12-05

鹧鸪天·公园冬吟

翠柏擎天叶未疏，芦花乱絮入温庐。密林深处藏欢趣，禅寺墙边剪妄图。

风过后，草谁扶？力微枝柳画弓弧。香樟尚可经霜雪，我且填词把酒沽。

2020-12-06

一剪梅·庚子大雪日晨吟兼和仁甫先生

晨起推开浅雾窗，独自凭栏，放眼东方。高楼沉寂闪荧光，大雪时期，未见严霜。

声切鹡鸰慰白杨，落叶归根，不必怀伤。幸蒙佳客赠诗章，逐去寒冬，喜得醇香。

2020-12-07

义乌味道

　　庚子大雪时节，乡贤仁甫先生应邀返乡，余有幸前去接站并与众师友一起陪先生用晚餐。席间，先生嘱余以"义乌味道"为题赋诗一首，余惶惶而不可推，遂冒布鼓雷门之嫌，作此请益于先生。

　　　　东河肉饼寓团圆，赤岸豆皮裹惠贤。

　　　　孝入素包存古味，仁随火腿续新篇。

　　　　远归游子圆乡梦，初到行商断尺涎。

　　　　苦辣酸甜难忘却，勤耕好学永流传。

2020-12-09

诉衷情令·藤

缠绵悱恻与枝争，一直到三更。昼观云卷花谢，入夜听风声。

甘寂寞，蓄潜能，向高层。尽情追梦，遗忘荣枯，不负同盟。

2020-12-09

巫山一段云·晨景

弱柳迎晨雾，鱼凫逐鹭鸥。几张浮叶似扁舟，随风四处游。

湖畔枯黄芦苇，岸上秃头乌桕。栉风沐雨度春秋，心无一点愁。

2020-12-10　填于义乌幸福湖

庚子初雪吟

鲲鹏奏折感天庭，帝遣玄冥洒玉英。

装扮山川成素白，抚揉城市益安宁。

轻声喝退前尘浊，倩影留传后世清。

愿为风情陪沃土，痴心却不恋虚名。

2020-12-15

沁园春·冬绪

时值玄冬，野草干枯，鸟雀鸣哀。见虬枝如睡，层林环抱；清寥蹊径，孤寂楼台。九曲浮桥，临湖兀立，惋怅青荷成病骸。西风过，芦花轻声笑，飞絮悠哉。

暂抛古往今来，问玉帝，何时逐雾霾？带梨花万朵，琼英满地；点妆楼宇，唤醒梅开。误入红尘，春秋几度，总有温情堪抒怀。凝思际，见鱼凫出水，其意难猜？

2020-12-12

玉楼春·众说今冬甘露少

听说今冬甘露少，疑是毕星①情未了。天寒犹盼玉英飘，岁晚静思归意闹。

鸟雀临风歌苦调，驿使②含苞传信号。梦回舞象③读春秋，醒悟偷光须趁早。

2020-12-17

思归吟

疫情影响下不平凡的2020年即将过去。"晚接北来鸟，早送南归客"，感而作此。

昨夜西风带沃霖，敲窗入户奏寒音。

震惊追梦思归客，被动牵愁伴枕衾。

故土难离身已远，商城有义爱弥深。

为人作嫁虽辛苦，却有恩情记在心。

2020-12-18

---

① 毕星：即毕宿，借指雨师。

② 驿使：借指梅花。

③ 舞象：指成童之年。

长相思·学宋词

读宋词。学宋词。填首新词寄炯思。真情我自知。

痛心时。开心时。韵律萦心能静姿。为谁常犯痴？

2020-12-19

长相思·岁末抒怀

西北风。东北风。树叶遭凌又是冬。浮游到半空。

情相同。意相同。辛丑将临年味浓。绎思多几重。

2020-12-19

浣溪沙·似水光阴缝隙流

似水光阴缝隙流。入冬方觉已难收。荻花优雅伴沙鸥。

有空自当评足迹，无端何必惹闲愁。岂甘红脸伺公侯。

2020-12-20

浣溪沙·为沐冬阳上六楼

为沐冬阳上六楼。曼延华厦锁双眸。浙中都市在稠州。

神伴彩云追月去，意随闲鹤绕城游。轶闻遗事记心头。

2020-12-21

虞美人·春夏秋冬

春天漫步花丛里，与蝶成知己。夏天柳下觅阴凉，细赏芙蓉，始觉岁悠长。

秋天满目凝丰彩，万两金难买。隆冬瑞雪又迎春，傲笑寒梅，告别旧年轮。

2020-12-23

贺新郎·重走红泥路

重走红泥路。草枯黄、向南倾伏，梦萦沃土。多垅青苗光催绿，分列排排有序。那乌桕、光头羞语。鸟雀登枝频环顾，偶相逢、对叶谈余趣。云变幻，风争妒。

青山绵亘人迟暮。有谁知、斜阳晚照，几人孤苦？行到穷途应止步，莫贪恋、莺歌燕舞。可怜我、胸无城府。门口塘边回头望，旧祠堂、缥缈于何处？形永在，情常驻。

2020-12-22　填于义合旧址

临江仙·昨夜长空星亮闪

昨夜长空星亮闪，遥知吾欲涂鸦。清晨日出逐烟霞。曙光倾万里，疏影进谁家？

盛夏常思冰雪好，届冬萦念无差。且将楝果当枇杷，北风虽有意，梅却盼琼花。

2020-12-24

小重山·秀逸芦花最养神

秀逸芦花最养神。叶随风起舞，欲归根。淡烟湖面乱纷纷。凫追逐，声影入波纹。

曦光照东门。静心思往事，感仁恩。历寒方懂惜阳春。林深处，音色更纯真。

2020-12-25

满江红·冬日抒怀

昨日光华，随云彩、眉间消失。眼前芦花荡，状容娇逸。碧水蓝天同入镜，野凫寒鹭齐登席。那群楼、倒影压长堤，身千尺。

湖畔草，衰无力。花放际，多奇迹。叹春秋一梦，恍如尘客。孤月彗星皆亮闪，逢灾遇难休垂泣。待风平，重续旧时情，争春色。

2020-12-26

庚子畅月十三抒怀

静心只为不消颓，求学横遭诱哄抬。

茹苦含辛耕岁月，奈何无妄做傀儡。

申时觉醒虽投晚，半路回头却卖呆。

一骑红尘追梦去，管他谁问荔枝来。

2020-12-27

庚子冬月十四抒怀

意乱无闻叶落声，临窗顿感困围城。

天寒尚有衣防御，语冷难寻将出征。

经事理应思远近，为人切莫耍骄横。

夜来欹枕常追问，何必违心去盗名。

2020-12-28

庚子冬月十五抒怀

春秋六度眼前过，弃贾从文上陡坡。

字海词田寻乐趣，尘间梦里唱悲歌。

埋头不悔欢愉少，见报方知付出多。

回望修行之足迹，冬眠一会又如何？

2020-12-29

南乡子·落叶望云舒

落叶望云舒，风逐寒烟转瞬无。天已降温迎瑞雪，心愉，期盼开窗赏素图。

遥想那年初，兴起催君把酒沽。未料醒来门未掩，悲夫，后悔贪杯替半壶。

2020-12-29

喝火令·庚子冬月十六抒怀

驻足观枫叶，抬头问远山，为何冬至百花残？流水石间中断，丛草已枯干。

蜃景迷双眼，前行未落单。却教闲事锁怡然。直面严霜，直面北风寒。放下一身牵挂，入睡也心安。

2020-12-30

破阵子·弃鼠迎牛

疫鼠丢盔弃甲，金牛礼接恭迎。多少艰辛休再论，姑且偷光勒马停。静心听道情。

爱恨不需长久，孤单总会清零。何必纠缠于往事，浊酒三杯到昧明。醒来续仄平。

2020-12-31

冬鸟

今天是2021年元旦，早起，携妻沐晨曦，来植物园游憩。途中与许多小鸟不期而遇，寒冬里，它们用欢快的歌声证明自己的魅力，也打开了我的思绪，感而作此。

曦光入树丛，振翅斗寒风。

绿叶间歌唱，虬枝下放松。

腾云留逸影，驾雾击长空。

自信追春梦，坚强伴雪鸿。

2021-01-01

贺吴炳荣先生八十大寿

2021年元旦，应挚友吴雨丰之邀，参加尊亲吴炳荣先生的八十寿宴，感而作此。

延陵吴氏有奇人，耄耋之年遇福神。

鹤舞夕阳犹未晚，容光焕发又逢春。

慈眉善目言无假，淡定从容义保真。

教得儿孙皆出色，英名才智冠群伦。

2021-01-01

新年寄怀

光阴似水不停留，期盼疫情尽快休。

度岁新风迷眼镜，陈年往事上心头。

且观白鹭环湖逸，从赏芦花入水悠。

借把牛刀驱硕鼠，冠魔退后再封侯。

2021-01-02

卜算子·乌桕白头时

乌桕白头时，鸟雀皆惊醒。落叶归根草未眠，风向仍难定。

碧水映蓝天，气爽空澄净。一只鱼凫踏浪来，飘逸留身影。

2021-01-03

夜读偶感

夜深人静入书房，学海遨游借谷粮。

红酒一杯驱睡意，麻糖两瓣解饥荒。

黄金屋里嫌光短，韵律丛中惜梦长。

欲问窗帘知道否？天寒地冻有余香。

2021-01-03

青门饮·青草披霜

青草披霜，劲松经雪，凄风洗耳，寒光迎面。月季低头，石雕孤寂，枯柳脆枝如线。樟老仍凝绿，皮皱裂、神情疲倦。鸟雀临空，戏耍椰棕，心不留恋。

情淡渐行疏远。虽地处同城，无缘休见。直面空虚，回归自己，总有一天通变。尝过辛酸味，再入尘、始知深浅。计程伊始，迎春路上，寒梅连片。

2021-01-05

小寒抒怀

昨夜霜侵草半残，时钟却带北风寒。

茶梅数朵传春信，鸟雀无声伴玉兰。

翘盼琼花飞入户，梦回故里众言欢。

且将思绪融光影，拜托浮云寄那端。

2021-01-05

赏彩霞

东曦揭面纱，大地放光华。

鸟雀枝头立，陪吾赏彩霞。

2021-01-08

鹧鸪天·老村旧址感怀

故址重游问老樟，当年瓦瓮在何方？未闻家犬朝人吠，仍记麻糖满屋香。

寻旧路，觅池塘。痛酸原地剩枯桩。双亲汗水滋黄土，无奈禾苗变界墙。

2021-01-09

晨

眉弯冷月伴晨霓，华厦冲天压树低。

连声犬吠人惊醒，一道祥光众奋蹄。

2021-01-10

天仙子·三九抒怀

云淡风轻光润照，落幕梧桐枯叶少。老樟明眼看行人。童脱袄，翁扔帽，干惹蜡梅开口笑。

世事无常难预料，缘分尽时情勿表。触寒飞鸟且知还。须用脑，休卖俏，莫被浮名虚利套。

2021-01-11

风入松·曙光斜照透丛林

曙光斜照透丛林，青草被霜侵。路旁枣树因何故，遇北风、孤叶难寻。山雀聚于枝顶，野凫飘在湖心。

残荷难悟水低吟，倾首示胸襟。辛夷[①]应解冬阳意，为芳华、一往情深。寒客[②]曾传春信，几人能抚瑶琴？

2021-01-12

冬景抒怀

冬青不惧霜凄紧，几度从容斗北风。

乌桕枝头麻雀聚，梧桐树下野思穷。

应知小草春来绿，莫怪昙花一夜空。

卵叶枇杷能止咳，祁寒酷暑见奇功。

2021-01-13

冬阳中携妻女漫步义乌植物园寄怀

冬阳暖照鸟争鸣，白鹭滩头结伴行。

谢顶桃枝将欲发，飘浮丽影未曾惊。

单车疾过风难阻，落叶归根意自平。

就算红尘多苦难，休嫌世上少温情。

2021-01-14

---

① 辛夷：玉兰花的别称。

② 寒客：梅花的别称。

驻足村西工地有怀

隆隆铁臂铲蜂窝，履带留痕土泛波。

败草犹怀残日恨，芦花不忍寸肠疴。

顽童乐享黄泥久，老叟轻言故事多。

几欲随风寻旧路，围墙笑我白头鹅。

2021-01-17

八声甘州·致敬应急救援战士

望深蓝丽影瞬成排，最难忘军容。那优良传统，光荣使命，牢记心中。
为保人民财产，奋力抢时空。抛却功名利，勇往前冲。

不惧赴汤蹈火，遇救援应急，意切情浓。绽青春风采，危难立新功，
守平安、肩担重负，学雷锋、彰显战车红。新时代、忠诚护国，无愧英雄。

2021-01-15

踏莎行·晚餐后抒怀

麦饺凝香，鱼皮爽脆。麻婆豆腐真滋味。亲朋好友尽余欢，花生下酒
仍相配。

且莫犹疑，休言错对。风行一路心无愧。人生如梦勿苛求，抛烦卸恼
安心睡。

2021-01-16

赴杭探望五叔有感

老实巴交一力农，与人相处俱包容。

勤劳本分心宽大，友善平和意俭恭。

不问浮沉明事理，只争朝夕做耕佣。

抬锄侧影随风逸，直到花开伴蝶蜂。

2021-01-18

鹧鸪天·腊八夜抒怀

腊八冬梅已盛开，严寒瑞雪未登台。几多枯叶随风去，些许柔光伴夜来。

休过问，莫疑猜。此心无意惹尘埃。明朝若有牛毛雨，定趁时机把梦栽。

2021-01-20

相聚 1970 文创园香港厨房有感

霓虹闪烁夜阑珊，挚友重逢又抱团。

美酒三杯犹未醉，甜言一句骤成欢。

疫情难阻冬阳暖，善爱能防腊月寒。

莫待时宜方叙旧，心同意会胜金兰。

2021-01-21

鹤冲天·浮云转向

浮云转向，树叶回头望。秋后是寒冬，无须讲。逸趣公园里，陪鸟大声歌唱。林深山炯旷。些许清风，任他耳边飘荡。

商场搏击，曾历惊涛狂浪。借格律舒情，仍豪放。了却烦人琐事，心安处，光明亮。偷闲停半晌。且用新词，确认别来无恙。

2021-01-20

定风波·岭上青松耐苦寒

岭上青松耐苦寒，荣枯几度意如磐。岁末蒲荷心已醉，酣睡，霜侵骨瘦半身残。

驿外黄梅三两朵，恬卧，丰神英毅不孤单。若是东君来问我，耕作，艰辛只为更安然。

2021-01-23

过前洪老十八间有感

几度擦肩过古村，忙中未觉少离痕。

檐头麻雀犹安命，石上青苔亦感恩。

莫道墙砖无意气，应知日月有乾坤。

先贤一去忘回转，我把春风请进门。

2021-01-25

一剪梅·泼墨有感

挥洒银毫浊气收。横竖相交，撇捺成钩。丰神凝聚透双眸，徽墨生香，逸趣增稠。

妙句佳词意象流，纸上龙蛇，笔下春秋。闲情雅致伴盟鸥，协合宽怀，不为封侯。

2021-01-27

梅

冬枝着靓衣，浴雪展虹霓。

一朵迎春到，三行压树低。

2021-01-29

冬阳寄怀

腊月迎春应不早，冬阳煦暖未延迟。

明朝雨雪犹难定，往后文章益敛思。

叶落风吹何必问？真情厚意我深知。

白云游弋高千尺，破浪扬帆趁卯时。

2021-01-28

庚子腊月十八抒怀

窗外冬阳催气暖，楹联贺岁逐清寒。

红梅傲雪春声近，客雁南归树影单。

透纸经纶书不尽，融情笔墨迹难干。

人生且莫论长短，心若宽时路更宽。

2021-01-30

浣溪沙·幸福湖边遇友人

幸福湖边遇友人。寒暄两句叹时轮。桂秋方过又迎春。

冷艳红梅堪入目，伺闲凫鸭未潜身。自然规律要遵循。

2021-01-31

春意

湖畔蜡梅朝我笑，半空麻雀集群飞。

悠闲钓客多潇逸，自在鱼凫少僻违。

若得浮云携雨至，应缘瑞雪送春归。

东风不待鸣蛙醒，独引笙歌享素晖。

2021-02-02

木兰花·江滨漫步偶得

　　浮云飘逸愁消减，待破初芽仍腼腆。群鸦兴舞唤春来，指引曦光催柳变。

　　暖风不顾东君面，吹落梅花千万片。辛夷几次动凡心，欲在红尘留一念。

2021-02-05

师师令·春之势

　　新春兆始，伴东君巡视。远山螺黛吸游云，水陌上、梅红如市。那片柔情谁指使，谢暗香提示。

　　何人能续昙花史？叹尘缘难试。透窗遥望众高楼，光溢处、挺胸张势。若有桃源能避世，愿做无名氏。

2021-02-07

庚子腊月廿八抒怀

　　坦然辞岁换年轮，闲伴红梅巧弄春。

　　雨趁东风催万物，时逢佳节送瘟神。

　　常行体悟清查己，谨戒虚言乱哄人。

　　洗尽铅华存傲骨，回归自我续明真。

2021-02-09

双雁儿·除夕

东风带雨卷云烟。唤树醒，晓春眠。丑牛驱鼠换楹联。影随身，又一年。

且抛烦恼享清闲。放爆竹，庆团圆。伴君吟醉到明天。愿新篇，胜旧篇。

2021-02-11

清平乐·祭祖感怀

牛年初一，雨后尘心洗。爆竹声中年味起，嗜睡黄毛惬意。

上山烟雨迷蒙，行人脚步相同。不忘源于何处，追思托给东风。

2021-02-12

百字令·辛丑正月初三江滨公园漫步有感

向晨霞彩，让游云解闷，丹青羞涩。洁白辛夷将欲放，鸟雀枝头游弋。朵朵红梅，盈盈陪笑，垂柳听渔笛。蜜蜂追梦，沐香钻蕊何急。

驻足凝望江天。黄尘清水，你我皆羁客。塔说浮名休计较，却叹时光流失。读懂阳春，生怜炎夏。莫怪风无力。雾霾消散，伴君同享天碧。

2021-02-14

情人节有怀

昊天飘过吉祥云，贺岁余声溢满群。

未问红梅开几度，已知仁义值千斤。

休嫌老屋悲时暮，且沐春风忘日曛。

紫陌红尘情万种，何人愿解那条文。

2021-02-14

访杨盆有感

偶上杨盆访大安。东君顾我逐春寒。

危岩脚下风摇竹，峻谷怀中土育兰。

欲伴丹青描古迹，心随鸟雀尽余欢。

转身难觅来时路，已被游云拽入峦。

2021-02-16

辛丑正月初七高庚拜年偶感

系出同门辈分明，汤茶有味品真情。

眉纹展笑犹相似，会酒恭迎屡不惊。

尽取贤流驱鼠辈，雄争五世显精英。

流年不忘春光浅，驾驭东风态势平。

2021-02-18

辛丑正月初十抒怀

煦暖阳光无假意，东风应约领春来。

枯荷嗜睡行将醒，冷艳红梅却已开。

莫问浮云何处去，应知杂草又轮回。

人生似梦谁能解？独自低吟更快哉。

2021-02-21

元宵

东风谁约至，吹落几南枝。

已沐春光暖，还嫌节假迟。

君寻香逸趣，我恋影吟诗。

爆竹声侵耳，汤圆正得宜。

2021-02-23

蝶恋花·春思

又见垂杨轻舞袖。浪漫樱花，最会牵风诱。光艳辛夷谁伺候？不知可愿陪春瘦。

欲问诸君安逸否？回味当年，难掩风华茂。几度春秋情未旧，花开花落心无垢。

2021-02-26

青玉案·元夕

东君眷顾春来早，杞柳绿，梅花俏。爆竹声中元夕到，适时邀月，问君安好，持酒无虚套。

酒香四溢情堪表，逝去光阴向谁要？久慕青山从未老，暖风相伴，莫嫌多少，应懂汤圆妙。

2021-02-26

赏春

出门方觉晓寒轻，细柳新蒲意渐明。

几缕清风摇嫩叶，一场时雨润红英。

繁花乱目蜂回舞，枯木逢春鸟不惊。

沁鼻幽香诗兴起，随缘赋此慰心平。

2021-03-01

鹧鸪天·重游万村萧皇寺有感

雅艳桃花已现身，忧怜驿使落纷纷。几多男女寻时趣，一阵幽香唤季春。

游故地，觅余痕。暖风讥我太天真。痴情且做怡情梦，莫待娇红化作尘。

2021-03-02

西江月·春天

细柳迎风舞袖，初芽沐雨伸腰。繁花竞放且含娇，频惹游蜂痴笑。

勿忘艰难昨日，留存乐喜今朝。清歌一曲伴鹡鸰，共享春天丽好。

2021-03-04

夜雨凝思

叩窗春雨何人使，卧榻倾闻漏夜长。

半阕诗词难入梦，几分思绪为灯光。

2021-03-053

蝶恋花·辛丑正月廿三老三家晚餐感怀

乍暖还寒风曳柳。摇影含姿，几欲舒长袖。钦佩勤蜂施妙手，敢教叶扬花消瘦。

未及清明先入口，回味当年，屡被香甜诱。今趁朔光斟美酒，陪君醉到中秋后。

2021-03-06

酌酒思

花生米下酒，简单而纯粹。

人生当如此，想多会太累。

2021-03-07

临江仙·女神节为妻而填

忍苦含辛将卅载，笑容依旧纯真。治家生意两头轮。曾经花样脸，已刻上鱼纹。

一路风沙情未变，尽心陪伴吾身。幸蒙乖女慰红尘。丰颜虽褪色，永是俏佳人。

2021-03-08

辛丑正月廿七抒怀

陌上花开又一年，桃红柳绿续新篇。

韶华本在春光里，硕果应呈夏雨前。

昨日凄寒尝苦涩，而今煦暖结根缘。

忽怜青叶风吹落，方悟珠芽不负天。

2021-03-10

辛丑正月廿九再访凤凰谷有怀

煦暖阳光未错过，寄情造化减蹉跎。

欣闻水唱淘沙曲，细听山吟敕勒歌。

幽谷回音人迹少，层岩斗耸趣风多。

一人一骑观千界，蜂蝶成群奈我何？

2021-03-12

如梦令·落花如雨

又见落花如雨，蜂蝶心伤几许。切莫怪东风，珍惜此番同旅。归去，归去，犹记鹡鸰新句。

2021-03-13

辛丑二月二福田公园赏春有怀

柳绿花香鸟亮喉，风轻云淡水清柔。

断鸢南去迎归燕，紫气东来润九州。

兴赏春光摇凤尾，从观逸影觅龙头。

海棠怒放蜂痴笑，美女融诗激暖流。

2021-03-14

途经德胜古韵之岭脚村有感

雨给冬青染紫纱，风催油菜溢芳华。

游蜂于此知情趣，早把乡村当作家。

2021-03-15

忆秦娥·沿望道信仰线骑行至德胜古韵有感

寻春色，回延古道当游客。当游客，身迎韵律，足留丹魄。

曾闻望道神来笔，重观德胜仙踪迹。仙踪迹，甘棠遗爱，万民赢得。

2021-03-15

晨游上方村有怀

痴随驿道赏黄金，醉入乡村听鸟音。

灿烂春光迷乱眼，清风一缕拂尘心。

2021-03-16　于望道信仰线至德胜古韵之上方村

鹧鸪天·雨中漫步莲塘公园有怀

化雨春风未觉寒，潇潇一夜见飞湍。岸边青草皆沉默，湖里浮萍却尽欢。

枝落泪，草加冠。几多芽蕊出雕栏。梨花似雪飘函柬，呈请樱桃且自宽。

2021-03-17

好事近·春雨润珠芽

春雨润珠芽，清气带来祥瑞。麻雀隔窗呼唤，让我观新翠。

东风再度挽桃花，留恋那香味。若问为何消退，几人能猜对？

2021-03-18

眼儿媚·雨后畅游植物园有感

三月桃花胜霞红。烟雨寄情浓。落英夺路，绿芽争气，掩映双瞳。

几多新燕归桑里，浅笑谢东风。一腔热血，满怀希望，脚步从容。

2021-03-19

骑游李祖有感

雨后骑车游李祖，清风引我性矜豪。

山蒙浅雾花迎蝶，水绕禾田柳秀袍。

古韵通情平浊气，幽香入脑动仙曹。

浮云欲在此间住，忘与稠岩试比高。

2021-03-19

水调歌头·畅游植物园有感

周末把春探，洒脱不贪奢。岸边杨柳葱绿，斜眼看青蛙。雨后清风拂面，气爽池鱼伴我，桃雀乱枝丫。意欲享幽静，从此弃繁华。

景精致，停脚步，赏樱花。忽闻叶问，明日风送到谁家？春已恭呈花信，入夏遵时传达，不可再浮夸。畅惬同归去，无念品新茶。

2021-03-20

鹧鸪天·从文七年感怀

搏击商潮步暂停，从文犹感路难行。赋诗言表心中意，排句声传纸上情。

勤学习，淡输赢。寓思千遍总分明。今知点滴难成就，唯有埋头续取经。

2021-03-21

游植物园闲吟

清风拂面沐晨晖，领唱斑鸠不愿飞。

拙笔难描春影逸，繁花绘就彩云归。

闲情伴叶追流景，雅致凝神把契机。

久慕湖边垂钓客，曦光一缕不相违。

2021-03-22

行香子·春光

垂柳依依，圆柏葱葱。被芳樱夺走双瞳。春回大地，水映晴空。听蛙弹曲，鸟嬉闹，叶迎风。

湖山隽秀，烟光溢彩，恰温情意趣相融。已无饥苦，务必开胸。待辰时舞，申时唱，戌时松。

2021-03-23

欣闻杨冰加入善爱团队偶感

莫愁湖畔一枝花，欣喜结缘善爱家。

从此老兵添力量，寒冬酷暑沐朝霞。

2021-03-24

满庭芳·樱花

　　水畔凝霜，湖边映雪，羡煞四处烟光。锁眸惊魄，潇逸闹芬芳。不为寻时浪漫，迎归燕、还送幽香。忠颜色，清新淡雅，脱俗弃浓妆。

　　安昌。蜂蝶喜，钟情春意，愿做新郎。谢东风指引，共享甘棠。簇拥枝头养艳，心平实，从不争强。犹崇信，坚诚难毁，去尽旧皮囊。

2021-03-25

蝶恋花·赏樱有怀

　　植物园区人气火。只为樱花，已把春心锁。忘数枝头开几朵，难询树下身高个。

　　欲赏妍容休再拖。烂漫从时，也怕东风破。若有游蜂来问我，央求日月多容可。

2021-03-26

辛丑二月十四夜环生产资料市场徒步偶得

斗转星移月不违，霓虹几欲竞冰晖。

繁花入夜皆安睡，落叶迎风各自飞。

逝去光阴无刻度，将来进取有时机。

亮光无力留花瓣，静谧丛林引鸟归。

2021-03-26

杂感

春风唤柳长，百鸟慕花香。

雨后观修竹，湖边赏海棠。

胸怀新志向，不负好时光。

若叹樱飘雪，何须问古樟。

2021-03-27

晨思

林内鹧鸪扰拂晨，游蜂戏蝶守芳春。

清风不解心怀旧，淡月犹知世更新。

甘露润滋湖畔草，情歌唤醒梦中人。

曦光普照来时路，脚下徒留影半身。

2021-03-29

八声甘州·见冬青赤发显仪容

见冬青赤发显仪容，娇羞却争春。谢东风送暖，熙阳普惠，逸趣重温。屡次陪蜂伴蝶，洒脱吻香唇。徒叹枝头鸟，传意无门。

读懂花开花落，看莺飞草长，犹似年轮。慕青灯倦客，心静破红尘。听笙歌、亲和醒脑，逐梦时、虚实怎区分？悠闲际，耳边风语，勿太天真。

2021-03-28

春游南江

霞英传请柬，嘱我要亲收。

几做南江梦，抽闲画里游。

清风撩翠柳，细雨润沙洲。

卵石沿江卧，银鱼逆水流。

群山飘逸影，百鸟亮歌喉。

葎草无忧虑，晨凫有劲头。

余香频益脑，绿意更明眸。

移步观佳景，凝神享丽柔。

心甘陪老树，情愿伴沙鸥。

纵有丹青手，难描兴绪稠。

烦消沉闷解，富贵复何求。

虽赋冗诗句，余思却未休。

2021-03-30

品令·雨后木耳

被雷惊醒。老枝上、悄浮身影。甘露饮够心难定。反思一夜，胸肚如怀孕。

姻嫁暖风她不肯。不知何人等？只缘枯木心平静。避光闲冷，无欲安天命。

2021-04-01　填于植物园

一剪梅·杜鹃花

又着浓妆伴鹧鸪。崖上霞铺，松下童呼。浮云回转觅丹图。风受昌符，鸟欲描摹。

辉映群山以自疏。尝过荣枯，尊畏真无。流光欺我又何如？私念消除，定有温庐！

2021-04-03　填于马库坞水库

清明祭祖感怀

至感苍松伴祖先，清明祭扫到茔前。

碑文醒目知来处，厚土沉香系嫡传。

金菊益神思井水，吉言萦脑忆炊烟。

慈恩已在心头烙，却把生辰入锦笺。

2021-04-05

辛丑杏月廿五福田公园遣怀

树高人静鸟欢鸣，叶展花香倒影平。

苦楝头前空净碧，斜坡脚下气和清。

红樱弃子轻飘落，翠竹携孙始出迎。

欲让春光停住脚，低吟浅唱不虚行。

2021-04-06

台州致敬英雄有感

白塔求仙谒福宫，黄岩啖橘缅英雄。

海门滩外观波浪，美食街头沐巽风。

善爱红旗扬百越，初心不忘映苍穹。

假如祖国重召我，定赴沙场效赤忠。

2021-04-08

青玉案·挽春

花开复谢谁能管？雨带去、春难挽。莫怪晨曦光太短，晚樱消瘦，绿苗伸展，蜂蝶相调侃。

枝头柳絮轻飘散，始觉冬青外衣换。只叫垂荫休怠慢。古樟安逸，鹧鸪声乱，皆把清风盼。

2021-04-09

江城子·福田公园遣怀

暖风轻拂柳丝长。沐晨光。沁幽香。禅院钟声，惊得野凫慌。绿水清柔桥逸影。鱼自在，蟹空忙。

乱花将谢缺人帮。对红妆。挽妍芳。春雨多情，频惹叶悲伤。最慕浮云无顾忌，心到处，不慌张。

2021-04-11

竹笋

实皮能破土，忍气不为空。
雨后身强健，陪松沐巽风。

2021-04-10

采桑子·春雨

和风夜染余春色，卷起飞湍。随带轻寒，似为姝颜把信传。蜂蝶却心酸。

送樱南去伤离别，意系江湾。婚嫁溪滩，山水云烟各自宽。逸影不孤单。

2021-04-12

思齐

未忘牵牛揽步犁，交逢盛世倍思齐。
尊崇信义通疆北，俯听箴言感域西。
愿与乡民同进退，不跟亲属比高低。
修行之路无宽窄，续写人生奉献题。

2021-04-15

暮春遣兴

风催柳絮走红尘。叶又葱茏妒世人。

贫嘴鹧鸪胡乱语，浓妆月季背常伦。

浮萍水面留疏影，石蟹湖边欲隐身。

四月熙光何处找？逸飞鸢眼最明真。

2021-04-17

暮春

煦暖清风唤老鸦，芳菲未尽快回家。

蜂仍醉在熙光里，蝶却痴迷那朵花。

2021-04-19

定风波·煦暖春风拂柳须

煦暖春风拂柳须，青衣嫩竹比身躯。不见梨花飘逸影。惊醒，始知瓜果出桑榆。

叶茂林深光缺少。偏巧，游蜂路过捡幽趋。若问浮云谁引道，他笑。高楼顶上亦无虞。

2021-04-19

谷雨遣怀

流光不肯转回身，谷雨来时欲挽春。

雅艳红英离绿叶，方知岁月度行人。

2021-04-20

诉衷情·蓝天底下燕双飞

蓝天底下燕双飞。绿叶掩青梅。微波细浪湖畔，鱼藻沐晨辉。

螺出水，鹭徘徊，引凫追。睡莲惊醒，潇逸回归，从不依违。

2021-04-22

菩萨蛮·辞春感怀

嫣红月季何娇媚，辞春饮忍心酸泪。绿叶沐清风，鬓华如梦中。

坝前回首望，细雨添惆怅。林内有和音，声声入我心。

2021-04-23

玉楼春·春恨

散碎樟花铺满地，粉蝶饮香遭叶戏。辞春归去会荼蘼，入夏转来寻月季。

不懂浮云流水势，怎解他乡游子意？闲情雅趣易舒眉。心与鹭鸥相合契。

2021-04-24

河满子·月季朝阳坦笑

月季朝阳坦笑，古樟迷蝶装萌。耳畔鹪鹩歌不断，伴随和缓鸪声。肉杏迎风羞涩，蜜桃尝雨斜楞。

鸢尾何曾窘败，草坪犹自求成。梦里柔情难接续，醒来仍欲攀登。伦理谏章堪作，弄虚之举无争。

2021－04－25

暮春

莫怪熙光步履匆，舒心且看叶葱茏。

杜鹃不解春归意，月季妆容为巽风。

2021－04－26

归农

抖落红尘土，回归翠柳居。

清风中拔草，细雨后翻书。

漱石何须问，亲泉且自如。

客来嫌口淡，我答不心虚。

2021－04－27

浣溪沙·夜暮星沉掩月光

夜暮星沉掩月光，卷云凄切泪千行。巽风陪叶诉衷肠。

惊觉菜花因夏谢，不知芦橘为谁黄。鬓霜仍要着新装。

2021-04-28

野蘑菇

雾雨相陪总失眠，熙光指引结尘缘。

安身寸土心平静，使命参差意向前。

无惧卑微观冷月，甘存淡泊享华年。

不跟芍药争颜色，只为撑开那片天。

2021-04-30

诉衷情·苏溪

参加"苏溪诗路·双溪寻芳"烟雨诗会，感而填此词以记之。

同春①秀色令人迷。几度醉龙祈②。先贤赋咏③亭畔，光电④闪虹霓。

崇孝义，破藩篱，立新题。与诗相伴，身在商城，萦梦苏溪。

2021-04-28

---

① 同春：即苏溪镇同春村。
② 龙祈：指龙祈山风景区。
③ 先贤赋咏：指唐代诗人戴叔伦在苏溪创作的《苏溪亭》。
④ 光电：指苏溪开发区的光电小镇。

金银花（一）

气味芳香能解毒，咽喉肿痛是知音。

甘寒更可驱邪僻，醒脑明眸胜扎针。

金银花（二）

妹着银冠姐戴金，紫藤叶上一条心。

情长共听光评语，梦远同闻鸟弄琴。

2021-05-01

卜算子·雨中逛植物园随笔

沐雨逛公园，雅兴融甘露。桥下飘来月季香，几朵难全数。

林内享清幽，问鸟藏何处？绿叶葱笼不作声，听我轻移步。

2021-05-04

一斛珠·立夏

时逢立夏，恭迎画影光挥洒。叶丰枝茂无浮假，月季娇羞，总让蜂牵挂。

回观雨后云优雅，始知万事如神马。震雷余响休惊怕。落地荷花，能懂清平话。

2021-05-05

夏日痴语

忽来炎气耍刁蛮，一路凝思忘转弯。

前脑不知何语塞，后肢仍踩那机关。

流金岁月无由报，逝去青春怎讨还？

入夏风情千万种，立秋方识有诸般。

2021-05-09

烛影摇红·夏思

畅爽南风，拂开月季花团簇。丰盈枝叶别三春，知为谁凝绿？细听蜂弹小曲，感熙光、劳神宠沐。蓦然回首，不见烟云，谨言慎独。

切莫欺心，背阴亦可观修竹。峦青有水益流觞，情意绵无复。思虑前途未卜，待秋声、驱除桎梏。与松相伴，和鸟争鸣，高吟霜菊。

2021-05-07

汉宫春·乡愁

绿叶葱茏，听南风使唤，光影交游。多情鹧鸪妙语，频挽花留。湖中小岛，欲漂浮、逗笑银鸥。樟老伯、凭栏俯视，安闲几度春秋。

难忘那年三月，岸边樱似雪，惑乱双眸。尘心瞬间被洗，俗念全收。幡然醒悟，莫嫌迟、顺水行舟。幽梦里、红泥故土，萦回一片乡愁。

2021-05-09

唐多令·初夏

月季入芳龄，幽香溢满庭。那古樟，更懂风情。鸟伴蛙歌蝉未醒，红告别，绿相迎。

莫怪雨潜惊，应知月会明。太空中，必有流星。找份天真存梦里，任云变，自心平。

2021-05-11

临江仙·幸福湖漫步随感

幸福湖边堤涨绿，紫花晞沐南风。古樟迎夏叶稠浓。浮云朝北去，过眼失芳踪。

鸟雀欢歌蛙伴唱，内心情意相同。一池霞锦映天空。任他风雨骤，举步自从容。

2021-05-14

苏幕遮·初夏瞻思

树初眠，风未动。鸟雀无声，荫翳间寻梦。栀子花开蜂蝶宠。沁鼻浓香，似把温情送。

少迟疑，多伺奉。错过春秋，心力皆无用。莫为前途生悸恐。未见荼蘼，怎解分离痛。

2021-05-15

077

鹧鸪天·醉酒

昨晚友聚，兴而忘怀，醉倒路边，丑态百出。填此词警示自己，今后再莫贪杯！

五月中旬栀子香，新朋旧友气轩昂。举杯昏忘亲人嘱，宿醉方知贱体伤。

悲斗勇，悔争强。酒能壮胆太荒唐。人生百味难尝尽，莫说壶中日月长。

2021-05-16

踏莎行·晨雨中登鸡鸣阁有感

母校身旁，鸡鸣阁上。瞰江东秀色、心开朗。当年小树，已高楼一丈。清湖畔尽是新模样。

梦绕魂牵，朝思暮想。谢南风指路、却回望。连绵细雨，对吾轻轻讲。君得为盛世高声唱。

2021-05-17

一丛花·夜游佛堂古镇有怀

同窗邀约不推辞。常聚必相知。清风揽月浮桥畔，醉良景、忘却吟诗。新韵挽澜，霓虹若许，江水几参差。

龙年分别半轮回。唯叹际难追。霜侵两鬓疏无语，眼神炯、破解愁眉。驻足亭前，目随光影，心却伴歌飞。

2021-05-17

采地衣有感

谁家子女惹尘埃，默默无闻被土抬。

一见阳光无处躲，不知今世为何来？

修身本欲陪风逸，养性寻真伴雨开。

大地温情难割舍，胸怀坦荡莫疑猜。

2021-05-20

临江仙·夜逛雪峰公园有感

入夜霓虹频闪，出门闲路迂回。悠扬乐曲绕园飞。顽童跟节奏，老叟展须眉。

莫笑舞姿憨态，可知情趣相宜。巽风随影出新题。神清消暮色，气爽解劳疲。

2021-05-22

鸡鸣阁赋

时序小满，岁在辛丑。树木葱翠，山桃初红。携妻沐蒙蒙之晨雨，伴嘤嘤之鸟声，抚青青之嫩草，闻幽幽之花香，重登鸡鸣山而温昔日之逸趣，俯瞰商贸城而舒今朝之豪情。

金鸡啼唱，始得其名；历史久远，一路风行。后山前水，鼓角旗旌；钟灵毓秀，人杰地灵。饮人间之烟火，窥天下之泰宁。时代呼唤，筑高台华阁同圆梦；百姓响应，祈父老乡亲享太平。

域虽蕞尔，却富神韵。斗拱古制，鸱吻燕翅呈凤形；轩窗新意，牛腿琴枋各有凭。雕梁携画栋传优雅神态，设计融建造见工艺湛精。磅礴气势直上云霄，夺目光彩胜似宫廷。拙笔难描入夜之光影，丹青愕惊白昼之雄英。地标建筑蕴内涵，文化传世放光明。

立足山顶，守望江东。名校为左臂，大学作右肱；承稠州之文脉，袭乌孝之武风。逐邪教于域外，揽精英于怀中。五湖商绅汇脚下，彰广博之义；四海情侣入社区，显有容之胸。语音虽异，意思相同。吸引众游子，一心当归鸿。

平步登高阁，尽兴揽秀川。胜景凝于目下，心情自然放宽。

瞰城市之变化，慰前辈以台安。乘改革之潮浪，奏吾辈之强音。赞祖国之强盛，念党丹襟；借诗词之韵律，唤众歌吟。牢记使命，不忘初心。

华阁有幸，得称鸡鸣。群鸡起舞，和谐共赢。乌伤有此阁，父老更温馨！

噫！江东乃富庶地，吾襄足商贸城。冒仙阁之威名，斗胆作此，望不负卿！

2021-5-19

感皇恩·植物园逸趣

仙雾绕青林,树犹昏睡,鸟雀歌声倍恬脆。微风轻拂,叶尖沾凝别泪。碧荷初醒际,何娇媚。

绿入眼眶,瑞气提鲜味。忘却桃梅列一队。草丛白点,应是蘑菇买醉。园区多逸趣,有体会。

2021-05-24

最高楼·书法

挥毫际,行楷润昌符,隶草益安舒。点横提捺皆丰韵,竖弯钩折不轻孤。笔生花,龙凤舞,绘尘途。

寸管下、瘦腴融趣味,白纸上、清遒彰雅意。线俊秀,墨香铺。曾逢寡昧迷铜臭,又闻良友敬师模。术传承,神积载,得真如。

2021-05-26

雨夜萦思

一夜暴雨,雨中萦思,得此。

天河忽决乱云摧,暴雨交侵掩碧苔。

欲问星辰何处去,却闻微信那头来。

余声似诉千般苦,断梦难怜半点哀。

休怪亥时光暗淡,天明隐雾自然开。

2021-05-26

081

念奴娇·红旗水库畔絮语

南风拂脸，听微波密语，群蛙叨絮。绿草摇头花讪笑，只盼游蜂呵护。黛瓦金窗，高低错落，栖隐林深处。浓云翻卷，欲留于此久住。

且自沾沐幽香，憩身湖畔，兴赏双鸥舞。莫道春秋光做主，景在眼前休负。细品心声，悠尝况味，阻我难移步。寄怀亭阁，对红旗把情诉。

2021-05-28

八六子·凝思

树成排，叶枝葱翠，低头取笑青苔。见雨后蒲芦妩媚，碧荷回赠珍珠，睡莲寄怀。推知修竹谁栽？岁月敬恭桑梓，凝思沁入庞腮。

奈千种柔情，万般幽忆，绪存神侠，鬓华颜改，却将断片心头接续，真情诗里深埋。待云开，循光奉迎未来。

2021-05-29

游恩施大峡谷有感

武陵山水甚稀奇，绿袖浓妆显凤仪。
峡谷幽深藏织女，山峦俊秀伏雄狮。
楚荆文化凝风采，土族人家聚丽词。
淡雅硒茶存一味，炊烟入梦胜香脂。

2021-05-30

玉楼春·来凤行感怀

未到恩施心已骤，酉水气温连引诱。肩挑包袱欲追风，爱到鄂西能揽秀。

不惧力微身小瘦，只恐声轻心落后。此生不负土家情，入夜犹思临别酒。

2021-06-02

雨后漫吟

适才梅雨打窗门，转眼游云过古村。

荷上滚珠摇玉影，岸边青草衬烟痕。

良言细语舒心地，吉梦轻行净耳根。

莫问清风谁识律？体知还礼叙寒温。

2021-06-04

渔家傲·栀子花开香四洒

栀子花开香四洒，菖蒲倩影随风摆，木槿雍容添异彩。鱼自在，湖中菡萏生娇态。

细水长流山会解，韶华逝去徒嗟慨。只要心中存善爱，修内外，余生处处皆豪迈。

2021-06-05

凤凰台上忆吹箫·晨思

霞出东山，雨归南浦，亮光侵入窗门。望阁楼羞涩，沐浴良辰。聆听鹩哥对唱，声百啭、气象如新。葱茏叶，迎风起舞，几欲翻身。

承恩。迈开脚步，随乐曲前行，不管余痕。那路旁青草，犹厌卑尊。凝露缠花生梦，提醒我、休做庸人。临芒种，频增汗颜，自省三分。

2021-06-06

千秋岁·绿荫帮衬

绿荫帮衬，蛙唱催人困。不知茉莉因何忍。雨来风索爱，云下枝求吻。雀浅笑，轻言过夏寻光论。

契合春音律，却赋秋声韵。近傍晚，谁传讯。且观楼俊逸，从赏霞翻滚。回首处，斜阳已入龙门阵。

2021-06-07

风入松·寓怀新竹展丰颜

寓怀新竹展丰颜。倾慕红莲。群鱼戏耍垂荫里，似不知、我在旁边。凫隐水波縠皱，鹭飞声影流传。

巽风何故把云牵。几度缠绵。鹧鸪高唱和谐曲，沐荷香、迷醉蓝天。抹去眉头愁绪，坐观石上清泉。

2021-06-08

尉迟杯·荷塘遐思（柳永体）

屡嗟叹。会绿裙仙子嫌时短。风来洒脱闲悠，雨至娇柔矜慢。生平淑婉。沐光际、兀自妆流绚。惹蜻蜓、逸趣翻飞，几度归思零乱。遐观日月轮转。

烟波静、红尘琐事勾断。告别三春，恭迎盛夏，只为报恩行善。荼蘼引、菩提召唤。未曾想、心香凝莲瓣。近端阳、卷起清凉，不负鸣蛙期盼。

2021-06-09

一剪梅·荷塘雅意

又见缃荷撒媚娇。穿着旗袍。彰显时髦。红衣仙子绿丝绦。风起香飘，雨至歌谣。

牵诱丹青把意描。浓淡堪调。情趣难消。丰姿神韵总相招。蛙只唠叨。鹭却当巢。

2021-06-10

醉春风·鸟雀吹晨号

鸟雀吹晨号，荼蘼开口笑。青荷顶上出红莲。俏。俏。俏。蜂觅鲜花，蝶追闲伴，岂能同道？

外界虽喧闹。无事休烦躁。巽风携雨送清凉。妙。妙。妙。临近端阳，品酸梅味，又增诗料。

2021-06-11

喝火令·回忆

始龀爬樟树，尊贤咏白鹅。鬓华仍欲唱童歌。难忘水边嬉闹，光脚摸田螺。

偶遇亲娘舅，犹思故外婆。几时重趟那条河？洗去尘嚣，涤尽岁蹉跎。静待瑞烟升起，倒影入清波。

2021-06-12

离亭燕·梅雨杂感

谁把浮云捅破。烟雨噬城轮廓。昨日入梅今即虐，骤变怎生逃躲。木槿畏流言，哭罢更将眉锁。

休问几人知我。心静自然消火。尘路窄宽风不管，忽觉榴花成果。绿已满轩窗，依旧正襟危坐。

2021-06-13

瑞鹧鸪·采艾草有怀

斯何①溪水沐晨霞，岸边青草伴流沙。飘逸鱼群，醉舞清潭里，干惹仙凫欲泛槎。

端阳艾草皆成熟，妙香胜过山花。那些翠柳苍松，安度三春后、淡生涯。却引游蜂恋此家。

2021-06-14

① 斯何：指上溪镇斯何村。

撼庭竹·菡萏香清弄时夏

菡萏香清弄时夏,梅雨将荷打。蝉声忽断遭谁骂?柳枝摇影把鱼耍。风已付真心,雷却讲空话。

绽蕊琼花含热泪,凝妆更优雅。偶陪俊杰齐挥洒,眉飞不论曲高寡。初识性温纯,通解情无价。

2021-06-15

婆罗门引·仲夏

序迁仲夏,枣花结果叶犹青。笆芒舞动旗旌。五彩祥云潇逸,心欲伴风行。乱蝉歌未断,唱给谁听?

芙蓉奉迎。为六月、愿飘零。立足淤泥不悔,留下清名。人生如梦,走方步,焉能效浮萍?尘世里、总有雷声。

2021-06-16

洞仙歌·荷塘晨景

东方日出，透云层留影。展出亭前满池景。赏红莲、忘却凫鹭寻欢，香沁鼻、方解群鱼守静。

慕蜻蜓跳舞，芦苇逍遥，一片蛙声屡承兴。几欲问流光，是否来迟？清波笑、乱蝉偷听。愿在此、从容等秋风，至情寄亲朋，我心安定。

2021-06-17

江城子·林中晨思

密林深处鸟闲悠。享清柔。练歌喉。晨曲相迎，蒿草尽繁稠。绿叶垂荫香沁鼻，泥裹脚，露敲头。

欢声悦耳却难留。过多周。又中秋。休负曦光，凡事早思谋。莫待寒蝉声断际，离别泪，更难收。

2021-06-18

御街行·植物园抒怀

娇妍月季因何瘦？一入夏、遭牵诱。清荷池里焕容光，生出芙蓉争秀。鱼闲凫隐，鹭飞蛙唱，情趣羞垂柳。

炎阳本欲催人走，汗浃背、衣难嗅。浮云潇逸谢南风，凋落荼蘼知否？鹡鸰絮语，遐思无限，疏解中秋后。

2021-06-19

小重山·父亲

额上鱼纹黑且深。当年强壮汉，已难寻。须眉怎被雪霜侵？寡言语，遇事必亲临。

冷看世浮沉。一肩扛重任，附仁心。抚今追昔有余音。堪回味，伦理胜黄金。

2021-06-20

夜游宫·夏至雨

昨夜商羊①未寝，长啜泣、向谁告禀。干渴田禾得畅饮。草伸腰，叶精神，鸟颤凛。

且莫贪云锦，坐观雨、却思高枕。不为虚名不求甚。夏至面，午时茶，慢慢品。

2021-06-21

游横塘公园有感

怒放葵花向太阳，小桥古屋伴香樟。

木车摇起甘甜水，乐土催生奋斗郎。

明月清风依陆港，祥云瑞气恋横塘。

玉蝉吹响冲锋号，从此商城自远翔。

2021-06-22

行香子·红旗水库游思

风泛微波，云逐晴岚。那湖中翠影相掺。鱼虾游弋，菡萏商谈。见鸥闲逸，光轻泄，水清涵。

花开花谢，春归夏至，把韶华倾负东南。修行味苦，付出心甘。应国排首，家排次，己排三。

2021-06-22

---

① 商羊：传说中的鸟名。据云，大雨前，常屈一足起舞。

七孃子·观云有感

蔚蓝穹宇多精湛，那白云、知是谁漂染。状似鱼鳞，意犹恬淡，随风洒脱还垂范。

太空早对中华喊，盼英雄、快把天宫探。今遇神舟，群星耀闪，嫦娥亦欲来延览。

2021-06-23

两同心·飞蓬醒目

飞蓬醒目。紫薇醒目。逆光处、重现芳菲，引蜂蝶、竞心追逐。荷香馥。呆滞芒花，恭迎炎酷。

天命未求阳卜。却凝新绿。幽梦里、曾绘蓝图，巽风至、意情堪读。承前局。转向山林，听蝉弹曲。

2021-06-25

蝶恋花·木槿迎光神矍铄

木槿迎光神矍铄。几只游蜂，已在花房约。寻伴鹧鸪穿柳陌，乱蝉高唱清平乐。

都说花开花会落。逝去光阴，天命方知觉。莫道红尘多险恶，情思不可遭人缚。

2021-06-26

贺新郎·加入省作协有怀

酷暑寒冬日。浸书房、青灯做伴，恋缠平仄。窗外孩童虽顽劣，难挡词林美食。对电脑、重提朱笔。七载光阴勤付出，卸烦忧、淬火于朝夕。知五寸，学三尺。

攀登绝顶需全力。到如今、萦回半山，怎能休息？应乘南风追明月，无惧暮途冷寂。字趣里、悠扬长笛。不悔青丝成银发，望前程、更盼生双翼。迎党建，谱新律。

2021-06-26

满江红·老泰山光荣在党六十五周年有怀

额刻深纹，霜侵鬓、须眉染雪。神愈炯、笑容依旧，意坚似铁。六十年前跟党走，八旬以后推恩结。为国家，奋斗在基层，功名烈。

退休后，仍未歇。担责任，关风月。对红船、信念不曾耄耋。逝去青春无悔恨，将圆吉梦犹真切。抒情怀，时代造英雄，翻新页。

2021-06-27

薄幸·遇雨

小鱼稠杂。在湖面、陪波闪飒。细浪里、蒲荷依水，相处十分融洽。惹鹧鸪、高唱情歌，和声逗笑成群鸭。那菡萏娇姿，游蜂健舞，齐把温馨收纳。

雨忽至、云衫湿，问绿叶、点头作答。眼前一花伞，怡然飘过，入心未觉无妆匣。欲穿金甲。奈迷烟渐起，清风遣雾频推拉。茅庐却盼，常有熙阳下榻。

2021-06-28

雨后游凤凰谷偶得

雨后空山静，林间乳雀飞。

浮云朝北去，激水盼东归。

绿草含清露，温庐掩翠帏。

新蝉声噪杂，句句唤明晖。

2021-06-29

辛丑五月二十过萧皇寺偶得

瑞草迎风雨，巉岩欲隐身。

苍松添秀色，古寺出红尘。

愿做吹箫客，休当逐利人。

禅声萦耳畔，其义正常伦。

2021-06-29

游智者寺偶得

悟道雨淋侵，参禅听佛音。

虚荣休再取，名利莫追寻。

2021-07-02

何满子·游智者寺

沐雨迎风访道，静心徐步寻仙。福佑玉壶[①]藏智者，自南梁逾千年。暮鼓声传山外，警钟惊醒凡间。

儒学堪驱浊气，佛音能纳清泉。利禄功名身外事，莫教荣辱垂怜。名刹几经兴废，世人应惜尘缘。

2021-07-02

---

① 玉壶：指玉壶山脉。

过老村抒怀

夕阳西下彩霓浮，噪杂蝉声怎未休。

一众虬枝迎盛夏，几多游子盼中秋。

明知菡萏将归去，屡怪光阴不倒流。

把握时机留逸影，卷云难挽顺风舟。

2021-07-03

夜游横塘公园

一缕清风拂夜光，万家灯火映横塘。

凭栏不肯空归去，月伴笙歌梦更香。

2021-07-05

横塘公园赋

屹城西，挟乌伤；偎陆港，牵市场。绿树招手，白云守望；玉蝉欢唱，曲水流觞。幽径连亭阁，栈桥通回廊。翠竹虚掩雕梁画栋，鲜花环绕黛瓦白墙。游子茫然而问：此吾故乡？宗亲眉飞竞答：正是横塘。

驻足沃土，入目龙襄。以田为心，涵记忆之萦回；以水为魂，现未来之表象；及至阳春气暖，百花齐放，众鸟寻芳；孟夏炎酷，林木荫翳，荷韵悠扬；仲秋畅爽，风轻云淡，丹桂飘香；寒冬冻塞，银蛇蜡像，万物素妆。四季景物，各自呈祥。俨然于世外，岂止于眼眶？

栽起梧桐，引得凤凰。以情留士，以义兴商。英名鹊起于域内，美声外传至八方。四海宾朋 ，蚁附于此求财气；五湖客使，慕名而来沐熙光。在彼筑梦，从此启航。

路边瑞草，笑迎雨露；溪畔葵花，心向太阳。花田夺目且连片，赞曲铭心更悠长。雅士钟爱，文人弄章；孩童逸趣于湖畔，老叟寻思于石旁。天地造化，留根基慰祖先；春华秋实，起宏图呼理想。初心以遗爱，使命于甘棠。

光阴骎骎，已过沧桑；历史悠悠，能书几行？德政如霖，百姓溥沐，幸福如蜜，老少安康。借时代之东风，凝民众之力量；言慷慨，气轩昂；剪断寂寞，抛弃迷茫；勇作为，敢担当；冲破枷锁，摆脱绳缰；坚信仰，助国强；披荆斩棘，乘风破浪。昔木车堪摇甘甜之水，今乐土更催奋斗儿郎。

桑梓蜕变，渐趋辉煌；闲提拙笔，顺祝恒昌。

2021-07-05　起草于横塘公园

盛夏闲吟

绿树成荫掩火炉，金蝉唱尽世荣枯。

浮云北去空晴碧，淡月东升意迥殊。

欲选词牌填旧梦，却将声韵改前图。

清风只会留虚影，我伴烟霞饮半壶。

2021-07-07

辛丑端月三十晨过萧皇寺偶得

蔚蓝天际聚流霞，玉立青荷托藕花。

雨后幽香滋眼鼻，山间雅韵润谁家。

平时不懂勤浇水，解暑方知要吃瓜。

躁动之心先冷静，晨钟入耳胜凉茶。

2021-07-09

唐多令·晨雨杂吟（刘过体）

骤雨拢烟汀，巽风吹柳旌。那清波、浅笑盈盈。冷艳荷花谁掠去？蜂有意，蝶无情。

雨歇乱蝉鸣，风停水未平。杂嘈音、似在提醒。忽忘东山霞未隐，迎瑞气，待阳升。

2021-07-10

幸福湖堤随吟

白果压弯枝，金蝉噪杂时。

曦光将透叶，锻炼不宜迟。

2021-07-11

又见横塘

横塘景色几人知？溥沐曦光恐未迟。

小赋难描其一角，高楼却解她丰仪。

交融历史留遗迹，链接江湖颂德碑。

偏巧拙文今见报，吟诗记感正当时。

2021-07-12

晨练偶感

气爽风轻是拂晨，迈开双腿动全身。

难言落叶无情趣，却怪风轻不识人。

2021-07-14

湖面

湖面长波逐短波，鱼虾侧耳听波歌。

波心未动波纹动，欲伴清波吻碧荷。

2021-07-14

骄阳底下

骄阳底下乱蝉鸣，路上无人鸟不惊。

弱柳迎风犹自叹，碧荷嬉水任鱼评。

浮光掠影随他去，酷暑寒冬伴我行。

莫问蜻蜓何处宿，绿荫依旧话闲清。

2021-07-15

回首

毯界耕耘二十年，遍尝酸辣意犹坚。

韶华已被风吹去，梦里风吹又洁鲜。

2021-07-14

纳凉

似火骄阳催汗淋，蜗居鸟雀盼云荫。

纳凉可纳诗词韵，哲理诗词刻在心。

2021-07-15

忆秦娥·莲花媚

莲花媚。幽香四溢催人醉。催人醉。清荷托举，更添风味。

艳阳安劝收妆泪。金蝉鼓唱天仙配。天仙配。祥图谁画，几人知会？

2021-07-16

晨光图

东君梦醒彩霞流，鸟雀寻欢上树头。

欲借曦光图一醉，却遭山水洗双眸。

红莲沐雨犹娇媚，绿叶迎风更婉柔。

且听群蛙评世态，凝神养气享清幽。

2021-07-17

鹧鸪天·湖边抒怀

漫步湖边览碧空，青山绿水赋情浓。满池荷叶频招手，些许香莲却引蜂。

滋肺腑，扩心胸。欲随篁竹整妆容。蝉声噪杂观鱼静，思慕生存淡泊中。

2021-07-19

湖边闲吟

金蝉歌夏意，菡萏展红妆，
白鹭装娴静，蜻蜓饮冽香。
静心方爽逸，无欲自清凉。
试问湖中水，因何起细浪。

2021-07-20

南乡子·防台风

警戒最难熬。集聚浓云久未消。预报台风今夜至，心焦，只恐烟花①折老桥。

莫待雨侵扰。北望中原绪万条。细听蝉声停一歇，驱劳，伫盼迎风射大雕。

2021-07-22

---

① 烟花：2021 年第 6 号台风名。

大暑

树上蝉声急，池中菡萏香。

离家逢大暑，入沪觉清凉。

几许明霞景，何如夜幕光。

用心观世界，处处是文章。

2021-07-23

卜算子·迎战台风"烟花"

昨日那明霞，已被烟花卖。鸟雀噤声树挡风，头顶云澎湃。

任尔卷和舒，不惧来伤害。我有奇雄百万兵，堪保家山泰。

2021-07-24

玉楼春·爬墙虎

何人泼墨围墙上？绿色蜈蚣翻气浪。须枝袅娜雨中吟，露叶逍遥风里唱。

清辞丽曲明方向，冶逸丰神通迥旷。爬墙只为沐阳光。不与庸流同守望。

2021-07-26

清平乐·烟花过半

烟花过半，又听金蝉唤。屋顶彤云犹未散，思绪被风吹乱。

连片瑰丽高楼，组成秀美稠州。面对崭新时代，温情总上心头。

2021-07-27

临江仙·幸福湖畔

水面余波浮倒影，紫薇亲吻雕栏。彩云舒卷绕青山。金蝉频唱喏，榉木尽居安。

沐浴曦光应早起，可知情意超然。细听湖畔鸟言欢。神闲心自定，独处不孤单。

2021-07-28

生查子·休嫌夏日长

休嫌夏日长，莫怪曦光早。

静赏鹤幽娴，忘却蝉喧闹。

穿过彩虹桥，驻足林荫道。

云影有浮沉，不若晨霞好。

2021-07-28

寄友人

须从业果觅缘由，上世冤家又聚头。

茹苦含辛超十载，栉风沐雨逾千周。

同行突现能担负，合唱方知善克柔。

品罢青梅心不悔，尝完石蜜胃何求。

为君吟唱阳关曲，伴我重登八咏楼。

摘得丹葵花一瓣，来生与子结绸缪。

2020-06-10

访月泉书院偶得

盛夏宽心访月泉，泉声带韵慰先贤。

玉蝉长饮西溪水，始得余思几万年。

2021-07-30

晨雨后偶得

黄犬被雷惊，晨鸡未打鸣。

乱云心易卷，湖水意难平。

宁可思千里，岂能待五更。

青山还未老，雨后听蝉声。

2021-08-03

蝶恋花·晨悟

绿树偷光云掩蔽。遥望青山，侧卧新城外。林立高楼谁唤起，繁花愿谢黄金地。

几许游思萦梦里。那份情怀，斩断谈何易。纵有明眸观百戏，虚虚实实无从计。

2021-08-04

重游鸡鸣阁有怀

昨夜星辰坠玉河，曾忧梦醒别南柯。

今朝驻足鸡鸣处，至感星辰入梦过。

2021-08-05

紫薇

昨夜南风吻紫薇，花神感动送芳菲。

今朝浪蝶游蜂醉，唱罢情歌不肯归。

2021-08-05

五叔

白天刨地收番薯，满脚红泥踏进门。

入夜乘凉勤未失，拿球灯下逗儿孙。

2021-08-05

过菱角塘有怀

菱角塘边沐巽风，一池清水接霞虹。

金蝉竞躁秋声近，绿树休闲夏意浓。

黄雀温情鸣旷野，雄鹰展翅击长空。

浮云自逸群山顶，未与流光论断蓬。

2021-08-06

辛丑暑月廿八傍晚抒怀

娇羞石蒜似虹霓，茂密香樟引鸟栖。

翰府楼新平地起，云霞溢彩众人迷。

南山翠色风常道，北苑繁华雨会题。

东郭未闻烟火味，却留甘露在城西。

2021-08-06

采桑子·立秋

巽风吹落梧桐叶，飞入丘亭。几只黄莺，兀立枝头溢美声。

浮光掠去云霞影，菊醒蝉惊。气朗天清，敢为乾坤逆水行。

2021-08-07

百字令·菱角塘水库坝前闲吟

碧荷静谧，看蜻蜓，痴为香莲歌舞。轻浪唤鱼追树影，却惹垂纶环顾。水面菖蒲，岸边空苋，欲把闲云数。天蓝山黛，夏苗期待秋赋。

信步。银杏趋黄，清风送爽，昏忘回家路。忽感业缘多障碍，余意浓情长驻。来到山腰，近临高顶，心在盈盈处。攀登虽苦，愿牵春梦投暮。

2021-08-08

虞美人·晨景

霞飞星隐风清爽，鸟雀齐欢唱。光轮一转又临秋，杏叶不知谁染，寓丰收。

熏黄皂果因何落？季节无差错。淡云潇逸缀蓝天，织就满空祥瑞，慰流年。

2021-08-09

天净沙·秋信

玄蝉唤醒时空，紫薇传递情浓。别夏香樟浴风。梧桐怀梦，望祥云步从容。

2021-08-09

建设水库畔浅悟

头顶浮云逸，林前细水平。

凭栏观丽景，驻足拾心情。

叶落难言败，花开不算赢。

为人休欺世，切莫盗虚名。

2021-08-10

罗汉松果

隐身罗汉几多个，憨态优容鼓瑟琴。

抬起绿头朝雨笑，敞开红腹逆风吟。

出生即负凌云志，到老仍存傲雪心。

听罢蝉声观日月，千年刻古莫如今。

2021-08-11

八声甘州·沐晨气有怀

　　沐清晨瑞气望蓝天，白云自悠闲。那梧桐舒掌，冬青闭目，银杏危然。落叶何人切剪，伴草食风餐。凝听鸣蜩唱，顿觉心宽。

　　未忘当时来路，叹游乎寂寞，移步蹒跚。历春秋几度，回味数严寒。到如今、霜侵两鬓，已入秋、谁共我凭栏？重收拾、几分愚意，寄与青山。

2021-08-12

市民广场抒怀

　　驻足城中大广场，静观楼树沐晨光。

　　鹩哥屡唱清平乐，舞伴常梳西子妆①。

　　忽念东吴甘露寺，却谈勾越至公堂。

　　失瞻黄氏春秋井，笑对庭前那古樟。

2021-08-13

玉楼春·七夕有怀

　　气短寒蝉醒得早，娇艳紫薇花正俏。几张黄叶待秋风，一对新人同步调。

　　只要初心存到老，再遇柔情休检票。皆知寂寞起相思，却盼牛郎常坦笑。

2021-08-14

---

① 清平乐、西子妆：均为词牌名。

敬挽文巨先生

同山慧水育青秋，坎坷人生翰墨流。

写出精神荫晚辈，融成气象润稠州。

2021-08-15

行香子·秋晨

日出东方，沐浴霞光。看随行身影修长。风吹叶落，草换秋装。有山凝神，鸟欢唱，果飘香。

巡游道上，迂回畅享，叹层林已渐趋黄。从容有度，面对炎凉。任苗成材，人成熟，雁成行。

2021-08-15

鹧鸪天·晨雨闲吟

薄雾空蒙细雨飘，梧桐静默盼风摇。足轻云朵如飞絮，声促鸣蜇似撒娇。

秋已至，叶将凋。紫薇犹自显妖娆。林荫道上驰光漏，知我无言梦未消。

2021-08-16

雪峰公园之晨

瑞气满清晨，鲜花欲醉人。

鸣鸡催细雨，落叶谢秋神。

乐曲多时早，浮云几度真。

池中鱼出水，惊醒岸边人。

2021-08-17

行香子·硕大莲蓬

硕大莲蓬，骤引顽童。那荷花已卸妆容。青山矗立，仰望天空。有风相扶，云相绕，鸟相从。

家乡突变，今非昔比，望高楼难辨西东。韶华逝去，记忆香浓。把旧时情，儿时梦，入其中。

2021-08-16

忆单车

曾因赶路借单车，转动双轮急返家。

时下油门轻一踩，顶风冒雪逐明霞。

2021-08-17

梧桐

杏雨催芽夏叶扬，虬枝昂首沐霞光。

而今只有空虚影，却被秋风染灿黄。

2021-08-17

临江仙·远看东边霞溢

远看东边霞溢，静听檐下鸡鸣。古桥携柳笑无凭。当年清澈水，依旧伴池亭。

一片画楼遮眼，整排樟树相迎。枝头鸟雀说风情。孤月将欲隐，归客又兼行。

2021-08-18

辛丑巧月十一夜宿檀宫有感

久慕檀宫地气新，青山绿水紧相邻。

汀洲野鹤鸣天籁，柳浦斑鸠弄浅鄻。

夜色阑珊仙女近，风光旖旎卧龙亲。

游人驻足频相问，我说前来做侯民。

2021-08-19

建设水库畔吟秋

片片祥云树顶游，群鱼雅逸戏孤舟。

花开未觉春离去，叶落方知已是秋。

几只鱼凫频弄影，千层碧浪促回眸。

寒蝉不识归鸿意，却唱欢歌抢镜头。

2021-08-21

喝火令·挽三叔

未数南瓜叶，难观纺线①藤。紫薇娇艳却悲声。桐子早秋凋谢，蝉泣失同盟。

去后留空影，提前踏远程。几多思绪伴孤灯。泪眼蒙眬，泪眼对亲朋。泪眼问他无语，只怕到三更。

2021-08-22

送别三叔

秋风吹叶落，哀乐痛心脾。

末伏言难尽，中元道别离。

关情寻笑影，入梦走回棋。

驾鹤西行去，承恩系禄縻。

2021-08-23

---

① 纺线：丝瓜的别称。

113

临江仙·枣思

大枣羞红多半熟，谁知那树难栽。栉风酾雨为花开。虽无桃李艳，却引蜜蜂来。

已过中元秋色起，浅尝闲月情怀。欲随黄叶上高台。人生如一梦，再莫笑尘埃。

2021-08-24

浣溪沙·初秋

历尽繁华慕野庐，出城欢快赏云图。随童下水采菖蒲。

风逸趣轻摇绿树，雨将来吓唬青凫。入秋时淡月和舒。

2021-08-25

天仙子·辛丑巧月十九傍晚闲吟

丛簇紫薇频作秀，乏力梧桐肌渐瘦。羞红石蒜望游云，风过后，枝朝右。欲与廊桥来叙旧。

快意当前休信口，一旦开河须忍诟。圣贤行事犹三思，有缺漏，应识透。惜取春秋观宇宙。

2021-08-26

随老战士宣讲团走进拥军社区有感

景风轻拂带祥云，红色基因在拥军。

有志青年刚结队，真诚善友已成群。

优良传统益明理，鱼水亲情岂论斤。

妙语连珠如沐雨，抚今思昔少炎曛。

2021-08-28

晨吟

郭外曦光识紫薇，时临白露饮晨晖。

浅黄银杏如相问，一入商城不愿归。

2021-08-31

自我保健

预防感冒按迎香，明目提神压印堂。

欲解头疼驱燥热，常揉百会扣承光。

2021-08-31

卜算子·秋老虎

处暑少秋风，户外炎如火。若问因何汗湿襟，却道犹无可。

枣树下乘凉，只为尝甘果。那片浮云洒逸飘，落叶轻推我。

2021-09-02

苏幕遮·入秋感怀

立窗前，观夏后。桐叶融金，几欲跟风走。枝上寒蝉仍信口。曲调含悲，却把黄花诱。

去无知，明美丑。表面光鲜，试问心安否？虚利浮名应看透。梦托南柯，企盼能持久。

2021-09-01

秋入凤凰谷有怀

秋来恋故林，掬水洗尘心。

树叶无情落，寒蝉倦梦吟。

时光虽未负，足迹却难寻。

惜取人和景，何须论古今。

2021-09-03

辛丑巧月廿七登稠岩有感

层云挂半空，绿叶沐清风。

郭外生秋韵，林前送归鸿。

登高情各异，拾趣意相同。

只为稠岩景，萦回在梦中。

2021-09-03

水调歌头·三学友来访

三学友来访，俏语话当年。漠然霜雪侵鬓，应是历尘烟。屡念恩师叮嘱，不忘同桌趣事，情意总相连。别后少联系，回忆却甘甜。

丽容改，音未变，爱弥坚。逆行路上，多少荆棘过身边。劳苦栽培儿女，日夜亲尊双老，委屈为求全。度过千辛苦，翻开是新篇。

2021-09-05

岩口湖畔随吟

白露寻秋色，徐行赏妙颜。

雅思浮水里，幽梦驻云间。

落叶将归去，西风却等闲。

清波多絮语，独自问青山。

2021-09-06　于岩口湖畔后矮村

白露时节幸福湖坝脚见插秧有感

时临白露插秧迟，未料畦边聚粉丝。

手画星图呈乐业，衣沾汗渍露丰仪。

田间进退平常事，世上浮沉怎得知？

且向乡农投正眼，勤劳朴实亦为师。

2021-09-07

小重山·赞曹荣安先生

气爽神清一老翁。白眉藏锐眼、意从容。满腔余热胜霞虹。宣环保，传善爱、学雷锋。

祖国在心中。人民如日月、是英雄。感恩天地赐情浓。明公益，行志愿、挽长弓。

2021-09-08

秋日抒怀

静心观白鹭，无意览秋程。

欲解蒲荷梦，须询绿水声。

不随风下笔，只与爱交盟。

莫问丹葵意，谁能向日争？

2021-09-10

银杏

初春沐雨吐青芽，立夏承光扇掩花。

只怪秋风无信义，屡催金叶伴丹霞。

2021-09-10

蓝雪花

谁教绿叶出柔蓝，忍耐高温意指南。

忧郁发茎生淡雅，率真丝骨露清涵。

盆栽室内宜观赏，植入心中可饱参。

羞与紫薇争秀艳，愿跟金菊共当担。

2021-09-11

早餐浅悟

鸡蛋狼桃炖粉干，外加姜片益驱寒。

儿时俭饿犹难忘，此刻丰雍却减餐。

困苦临头心莫躁，风云过后树还安。

士农商贾皆精彩，切勿横眉冷眼看。

2021-09-12

眼儿媚·灿都^①行至把炎收

灿都行至把炎收，叶落鸟哀愁。北风拂面，雨声萦耳，雾锁双眸。

寸心难解征鸿意，半路怎回头？驹光过隙，全然未觉，又是中秋。

2021-09-13

两同心·迎战台风灿都

大雨将来，乱云汹涌。那狂风，连卷尘埃，枯枝断，叶悲失控。教鸣蜩，忍气吞声，似惊残梦。

落实安危与共。联系群众。窘困处、红领牵头，除凶险、党员先动。不避回，万苦千辛，坦然迎送。

2021-09-14

荔枝香·秋韵

夏橘经谁点染，频斗彩。玉露随遇晨光，晶亮招风爱。片片浮云舒卷，洒逸青山外。鸲雀、合唱如今好时代。

桂轮转，气愈壮、神犹在。鬓白方知，尘世本无常态。落叶归根，几许秋声怎赊卖？蓐收^②应会青睐。

2021-09-16

---

① 灿都：2021年第14号台风。
② 蓐收：掌管秋天的神。

浣溪沙·辛丑桂月十一晨吟

落叶随风去远方，鸣蝉又说月生凉。劝君晨起沐朝阳。

相爱莫嫌春季短，入眠休怕夏天长。中秋定有果飘香。

2021-09-17

生查子·中秋

玉兔问嫦娥，丹桂浮香否？世间月又圆，梦里情长久。

意与日争光，心盼常牵手。今且沐清风，尘事待秋后。

2021-09-18

满庭芳·中秋抒怀

光染红枫，风催银杏，彩幡连日繁稠。栈桥安卧，清水映高楼。凫引微波弄影，湖心岛、寒鹭凝眸。蓝天上、浮云几朵，闲适晃悠悠。中秋。

同赏月，童真未变，春梦回流。未曾忘，儿时屡羡公侯。此刻盈虚省略，关念起，边塞吴钩。团圆际，谁挑重任，无悔守神州。

2021-09-20

中秋赏月闲吟

吴刚将折桂，玉兔寄相思。

万户团圆际，嫦娥怎不知？

2021-09-21

辛丑桂月十八午后过长堰水库偶感

清风拂面水粼粼，万点波光映浦津。

败草垂头枯叶叹，灵岩入水众鱼亲。

山前起梦无由径，坝顶抒怀有事因。

楝果从时催我醒，始知松柏又添新。

2021-09-24

游望道森林公园之一

绿树浮云把手牵，林间黛瓦伴尘烟。

斜阳未染深秋色，却叫芦花逸满天。

2021-09-25

游望道森林公园之二

菖蒲挽石饮清泉，紫蝶徘徊菊芋边。

荆棘无端拦我路，山风指引觅神仙。

2021-09-25

东坡引·西风何变卦

秋分已过，寒露在望，气温依旧炎如夏，感而填此词以记之。

西风何变卦，秋后炎如夏。香樟玉桂皆惊讶。莫非谁作假？莫非谁作假？

同行得忍，无聊可怕。少贪新奇勿生诈，交逢盛世应承化。虚心当老傻，虚心当老傻。

2021-09-29

阳关引·国庆节游植物园随吟

不忍荷生病，却喜花摇影。秋高气爽，芦苇俏，寒樱醒。小鱼相戏逐，白鹭装闲定。恍惚间、情趣未觉已天命。

十一国旗展，胸直挺。沐光辉，万人同赞好纲领。看巨龙起舞，共九州欢庆。那古樟、甘愿为月守尘境。

2021-10-01

123

广寒秋·悼何勤弟学友

东中求学，相成挚友，几度同餐共食。从医卅载应勤名，乐协助、排忧救急。

金秋国庆，炎魔未去，岂料阴君忽袭。含悲挽叹对遗容。献白菊、衣襟渐湿。

2021-10-06

辛丑菊月初二横塘公园晨吟

梧桐叶里看清秋。月季花前忆旧游。

沁鼻幽香因气忍，揪心酷暑逆光流。

鸣蛰夜曲风曾听，宿鸟晨吟月已钩。

莫问浮云何处去，老蒲依旧伴闲鸥。

2021-10-07

落叶

西风呼叶上楼台，一见枯藤互叙哀。

试问秋光何用意？有谁知道雪将来。

2021-10-08

五柳摘橘

秋后闻香入橘林，忙从绿上采黄金。

谁言旷野无情趣，五柳坡前有妙音。

2021-10-08

金缕曲·秋入凤凰山随吟

蝶挽芦花手。惹清波、心襟荡漾，却缄其口。鱼慕青松长轩毅，嗟叹浮云退走。问倒影、能留多久？一阵秋风吹叶落，秃枝头、果实仍坚守。情切切，意环复。

鹧鸪欢唱红枫诱。和尘音、绵绵不绝，密林穿透。幽谷之中藏奇趣，岩石难分美丑。目及处、峰高峦秀。忽遇黄花朝我笑，望蓝天、不再惊钟漏。泉洒逸，我随后。

2021-10-09

临江仙·辛丑菊月初七晨吟

只见梧桐变色，未闻丹桂飘香。今年炎夏太悠长。草都能接受，人怎会迷茫？

夜晚风携雨至，临晨初觉秋凉。蓦然回首绪飞扬。那些生趣事，从未负时光。

2021-10-12

125

题画里南江（一）

南江秀色犹如画，两岸枫杨伴荻花。
碧水一湾谁唤醒？几多游客忘回家。

2021-10-13

题画里南江（二）

南江两岸隐仙灵，化作青山各有形。
古寺钟声惊世俗，枫杨倒影入银屏。
清风送爽秋伊始，细雨沾衣客未停。
欲伴寒蛩吟几阕，一弯明月掩繁星。

2021-10-13

安公子·栾华妆已换

栾华妆已换。淡黄头饰丛簇，惹得游蜂止步，知为谁装扮。芦花风吹乱。羞对野凫水草，却怪舟桥无趣，空让光流转。

不觉鬓染霜侵，旅途过半。斜阳夕照，骤引北雁长嘘叹。物是人非昨，回首方知，应是尘缘一段。

2021-10-14

西江月·树上叶黄飘落

树上叶黄飘落，林间鸟语无多。残花几朵赋离歌。却见群雕安坐。

莫怪时光残酷，细思行步如何。重阳更觉岁蹉跎。错过能求谁个？

2021-10-15

秋凉

风携冷气夜清凉，雨扫秋桐杏化妆。

沁鼻金花何处觅，古樟身上有余香。

2021-10-17

填词有感

踏月方知玉簟凉，倾杯更盼满庭芳。

如何导引千秋岁，一束瑶花昼锦堂①。

2021-10-17

---

① 踏月、玉簟凉、倾杯、满庭芳、导引、千秋岁、瑶花、昼锦堂：均为词牌名。

晨起镜前杂吟

亥时无睡意，寅起数星辰。

镜里留清影，窗前叹客身。

韶华虽已逝，初梦却犹真。

一任征途远，甘当赶路人。

2021-10-18

霜降前始闻木樨香偶感

多重色彩虽来早，那种幽香却小迟。

悦耳歌声皆爱听，峥嵘岁月几人知？

坚持保养颜难老，放弃修为口易痴。

天上白云常变幻，言行举止自寻思。

2021-10-19

浣溪沙·雨中植物园漫步偶得之一

驻足清湖小道边，细观波皱雨缠绵。秋风轻拂水生烟。

丹桂溢香黄叶落，小鱼隐踪白鸥闲。愿从霜菊赋新篇。

2021-10-20

浣溪沙·雨中植物园漫步偶得之二

细雨绵绵润木樨，郁浓香气满长堤，湖光山色使人迷。

群聚古樟经岁月，逸飞黄叶懂和齐，两心从此不分离。

2021-10-20

浣溪沙·雨中植物园漫步偶得之三

一入公园怯尽消，假山逢雨亦含娇。不知银杏为谁凋。

徒步可观云异动，坐车难觉草相招。此心无故慕渔樵。

2021-10-20

浣溪沙·雨中植物园漫步偶得之四

雨染丛林色渐浓，远山秋后更从容，古樟昂首对青松。

曾听有情悲落叶，不知何故怪西风，且将情谊记心中。

2021-10-21

浣溪沙·雨中植物园漫步偶得之五

草木迎秋始化妆，木樨豪放送幽香，鹭鸥相互诉衷肠。

甜美笑声湖左畔，浅浮云影水中央，巽风吹拂入辞章。

2021-10-21

129

浣溪沙·雨中植物园漫步偶得之六

落叶随风四处飞，柳枝轻佻欲相陪。古樟无语显神威。

天上霭云多变幻，世间冬夏几轮回。梦中难舍那枝梅。

2021-10-21

调笑令·明镜

明镜，明镜，照得心神不定。无言面对霜花，独自欣赏落霞。霞落，霞落，方解嫦娥寂寞。

2021-10-22

行香子·辛丑菊月十九八仙重聚于毛毛山庄有怀

抓住晴空，结伴青松。深秋际、依约重逢。柏峰山水，栉沐心胸。那趣相似，味相近，路相同。

霜侵髭鬓，情怀如旧，让光阴、荡去平庸。秋来叶落，且自从容。有别情苦，世情淡，友情浓。

2021-10-24

深秋

幸福湖边柚已黄，山杨落寞桂飘香。

葱莲赶早迎霜降，盖柿延迟卸楚妆。

不问西风何处去，怎知红叶有思量。

若能重走儿时路，唤雁回来看曙光。

2021-10-27

放大镜

几行蛇影未分明，透过玻璃见浊清。

浮迹世间多缺憾，如何缩减不公平。

2021-10-29

相聚

学友深情入酒樽，俏皮话里有乾坤。

何如两鬓霜侵际，气定神闲逗子孙。

2021-10-30

周末相聚布谷鸟农庄偶感

周末蓝天衬白云，几多良友聚欢欣。

荷塘钓出鱼些许，水岸栖居鸟一群。

靓女倾杯风浅笑，帅哥传盏酒微醺。

暮秋攀摘鲜桑椹，颗颗关情不论斤。

2021-10-31

闻小女获国家励志奖学金兴寄

志乃人之向，原来附及诗。

忽闻今有立，无愧昔行知。

莫道征途远，休嫌礼学迟。

盼君成锦凤，修业勿游移。

2021-11-02

秋雨中杂吟

窗外西风携细雨，屋前丹桂溢浓香。

梧桐叶落迎秋律，鸟雀幽居待景光。

往昔曾谋千古计，从今不入一言堂。

容颜本是流年色，褪去无须再化妆。

2021-11-03

鹧鸪天·别思

落叶无声草有心，残荷垂首泪满襟。木樨香溢知情趣，檀月寒生寄被衾。

温旧梦，听原音。别前曾约复登临。新词一阕填思绪，惟盼陪君共唱吟。

2021-11-06

雨声

谁使游云泪打窗，泣声无绪似传梆。

不知音调因何断，几个能吟这种腔。

2021-11-07

填词偶感

仰慕唐遗两宋风，诵吟常觉趣无穷。

不知世韵谁能懂，尽在诗词格律中。

2021-11-08

水调歌头·秋雨淅然下

秋雨淅然下，把叶送回家。白云潜隐踪迹，风屡戏寒鸦。水面枯荷垂泪，应是秋冬授意，身已许烟霞。月桂有情趣，香溢斗芳华。

眼前景，融入境，似清茶。客尘俗世，吹鼓尊贵乃鸣蛙。闲赏春兰秋菊，静待霜梅寒竹，总会出奇葩。且待吾斟酒，填阕浪淘沙。

2021-11-04

临江仙·辛丑立冬抒怀

彩色梧桐甘落寞，古樟依旧葱茏。晚来金桂更香浓。吾惊呼十月，鸟怕遇寒风。

落叶归根皆本意，远山知晓初衷。且将光影寄严冬。只需心踏实，莫怪节匆匆。

2021-11-07

且坐令·迎立冬

温骤降。再拍梧桐像。已知叶落枝无恙。细看真时尚。皂果思归，斜阳夕照，霞光万丈。

冬已至、世情难忘。秋虽去、却豪放。闲来邀菊谈前浪。冷齿语、随他谤。且将泉水当陈酿。伴蓝天歌唱。

2021-11-08

晨露

谁教绿草含珠泪，剔透晶莹闪慧光。

道别多因贪夜色，生来只为恋晨香。

通宵丽曲风何待？片刻韶华梦未妨。

秋去冬来寒不惧，一心一意要怀霜。

2021-11-12

小雨

玄冥掉酒壶，山水乃相濡。

点滴牵时物，轻盈画地图。

荷残抛玉露，草渴捡珍珠。

入耳皆真语，专心唤醒吾。

2021-11-13

菩萨蛮·木樨香溢曦光下

木樨香溢曦光下，残荷寡瘦心无假。白鹭享悠闲，鹧鸪歌瑞年。

远山螺黛色，时遇晨归客。垂问为何行，只因鸡打鸣。

2021-11-14

冬日暖阳下杂吟

冬月总无秋月好，暖阳犹比艳阳舒。

枯荷入水难陈旧，银杏擎天不忘初。

曾学墨痴追美梦，却怀诗癖入茅庐。

寒鸦落叶频相问，世道轮回造众诸。

2021-11-16

进山随吟

白云游弋结成团，小树轻言顾自欢。

泉水不知山顶趣，入流还欲激回澜。

2021-11-17

路灯

夜幕深沉气冷清，抬头喜见路灯明。

不知何处人稀少，借我光华伴月行。

2021-11-17

蝶恋花·雨后建设水库畔闲吟

水面清波追倒影。相看残荷，别泪应冰冷。津岸荻花空入景，鹧鸪欢唱谁人听。

落叶飘零风不定。野菊颜开，恰似冬邀请。白鹭悠闲堪解酪。缓抒胸臆于银杏。

2021-11-18

洞仙歌·初冬

西风浸染，叶凋皆黄赤。近秃枝头绿无力。草酣眠、梦里同蝶争光，玄冬至，嘘叹红尘过客。

周围祥瑞气，休足湖边，忽忘前行访踪迹。一心享受清幽，隔岸遥传，郢上曲、音随霜笛。愿陪伴、闲鸥与沙洲，度似水流年，保存秋色。

2021-11-19

青玉案·枝头鸟雀歌声喈

枝头鸟雀歌声喈。赏美景，寻同伴。洒逸芦花形不乱，顺风摇曳，絮飞驰慢，从意留湖畔。

休嫌野菊花期短。浅悟人生莫嘘叹。两鬓霜侵犹未晚，一心追梦，热情呼唤，平仄书寒暖。

2021-11-21

小雪日稠江公园听禅声

北风悄至携寒意，小雪来时结佛缘。

枯叶夙凋难入笔，子期长别怎操弦。

浮生若梦知归路，荡气回肠续短篇。

顺耳禅声多雅韵，尘心洗尽慰流年。

2021-11-22

辛丑阳月十九闲吟

青凫踏影行，几入浦鸥营。

雁去凡枝瘦，霜侵细水平。

荻花空洒逸，明月寂无惊。

只说香樟好，千年不钓名。

2021-11-23

冬韵

冷酷玄冥掌太阴，总教霜霰染层林。

浮云洒逸通天彩，落叶归根满地金。

昨日春光催嫩草，今朝树影逐飞禽。

恁多思悟有何用，一点离愁却入心。

2021-11-24

凤栖梧·辛丑阳月廿六幸福湖边闲吟

浅黛山林披隐雾。昨夜西风，把叶吹何处。银杏最知春几度，鹧鸪总把衷情诉。

白鹭悠闲凫漫步。静享时光，往事随他去。忽听湖边风寄语，追名逐利休迷路。

2021-11-29

过前洪关皇庙抒怀

飞檐翘角入苍穹，赤瓦黄墙绕劲松。
品味禅声寻古迹，流连庙景沐新风。
梦回五月难相续，缘定三生怎变通？
有爱无须悲白发，铅华褪尽月当弓。

2021-12-01

采野菊花偶感

枯草丛中数点黄，晨光一照溢幽香。
清肌弱骨心承月，金蕊豪情意向阳。
雨露熏蒸终出彩，风霜晦蚀更芬芳。
游蜂引我东篱下，梦见陶公咏盛唐。

2021-12-03　作于长堰水库东副坝

辛丑冬月初一幸福湖畔杂吟

立足湖边醉曲罩，红杉秀色胜霜柑。迷蒙雾里花无几，半秃枝头鸟两三。

落叶传神山浅黛，烟光剪影水柔蓝。鱼虾不忍荷残败，却慕芦花欲往南。

2021-12-04

和丽芳姐朋友圈美图诗

谁使清江染彩霞，白云羞涩亦笼纱。
闲人赏景风争妒，浅醉邀君至我家。

2021-12-05

读龚昌明老师《数上萧皇峰》一文有感

入冬重赏萧皇景，古道孤峰总在心。
莫道风云多变幻，龚师字里有知音。

2021-12-06

辛丑大雪日抒怀

梧桐叶渐黄，应是为冬妆。

楚雀悲银杏，红松沐丽光。

春秋虽有趣，世事却无常。

愿做晨时雾，一心只向阳。

2021-12-07

追忆吴献法先生之一

坦然谈笑敛须眉，一片丹心把梦追。

但使时光留几划，不知何故让吾悲。

2021-12-07

追忆吴献法先生之二

五金工具一明星，开拓创新步未停。

多少同行仍侧目，不知世事已曾经。

2021-12-07

141

唐多令·冬韵

流水已休停。长湖更冽清。绿草尖、晨露丰凝。一片红杉留倒影，添色彩、促心平。

寒雾漫丘陵。瑞霞濡白丁。问鹪鹩，何故担惊。欲领风骚须放眼，勤拾掇、必昌明。

2021-12-10

更漏子·沐晞阳

沐晞阳，观杏叶，看淡薄寒弦月。沾暖意，益沉思。毅行犹未迟。

将辞岁，徒增辈，始悟春秋可贵。历暑夏，近严冬。无须惧北风。

2021-12-11

八六子·古樟下遣怀

小区边。古樟亭立，晨雾翻卷疏闲。看落叶告别虬枝，四处随风洒逸，无心返回故园。鹪鹩几声清唱，兴绪悠悠，情意绵绵。

漫忆当年。鬓无霜、笙歌勒停更漏，不消冬夏，只拼长短。惊叹、逝去春秋可贵，难留一点周全。力前行，何须在乎昨天。

2021-12-12

鹧鸪天·冬日遣怀

水泛层波吻柳须，荷经霜后改形躯。荻芦飞絮无三世，杉杏丰神在一隅。

凫隐逸，鹭闲居。北风吹过笑黔驴。如今蓄养严冬志，不负春阳共叶娱。

2021-12-13

尉迟杯·沐晨雾

沐晨雾，绕清湖、赏景兼漫步。垂怜落叶飘零，从观荻花飞舞。心随鸥鹭。荷羞涩、俯首寻鱼诉。水无言、泛起层波，听风空自私语。

冬寒尚有茅庐，谁知道、浮云去往何处？不负年华，穷追野鹤，驱浊笑吟辞赋。桃源梦、心中常驻。未经事、躬耕当思顾。与时光、结伴前行，莫教春秋虚度。

2021-12-14

瑞鹤仙·冬雨中凝思

雨中谁做伴？浅雾里，弹奏浮音凄婉。风吹草慌乱。独前行、孤寂多嫌光短。柔肠百转。却交逢、三分冷暖。那金黄落叶，收到冬信，已归难返。

一度从生感叹，逝去春秋，了无鲜灿。潜修未满，功与过、怎推算？鬓凝霜，仍爱开怀调侃，盈亏终不企盼。听时钟召唤，追梦更须实干。

2021-12-17

冬日陪友逛植物园有怀

叶落枝枯鸟却多，游凫觅食问残荷。

桥头冷落秋冬意，湖畔流传岁月歌。

欲伴浮云观荻絮，先陪故友揽清波。

寒风拂过烟尘尽，脸上留存两笑窝。

2021-12-19

河传·冬至遇雨遣怀

淋沥。声急。似歌章。何故凌晨叩窗。曙鸡打鸣音带伤。熙阳。几时登礼堂。

又见西风吹断柳。辞故友。无意言身后。气清寒。心楚酸。过关。影留人未还。

2021-12-21

西江月·闻西安疫情有感

时序已临冬至，离思却变惊惶。疫情沾惹镐京①伤。但愿亲朋无恙。

不问人生苦短，唯求百姓安康。历经风雨更坚强。只为明天坦荡。

2021-12-24

---

① 镐京：西安的别称。

应天长·冬日幸福湖畔遐思

北风吹皱湖中水，桥下芦花仍妩媚。忽摇头，时摆尾，乱絮纷飞波也醉。

望云山，知向背，初雪带来年味。几度逊谦韬晦。未曾思后退。

2021-12-26

辛丑冬月廿五沐雪泣送舅婆龚福兰大人

疫情难掩寒酸泪，白雪纷飞送舅婆。

未忘飘零停赵宅，更知勤奋筑巢窠。

音容笑貌凝心久，景物丰神入意多。

鹤伴随风游弋去，梅开亦为子传歌。

2021-12-28

辛丑冬月三十重登萧皇岩有感

昂首望崖巉，重登识阮咸。

苍松扶翠竹，落叶挽银杉。

峡谷传春讯，浮云带贺函。

舒心飘逸影，沉醉在萧岩。

2022-01-02

145

江城子·咏梅

负霜关月望青松。立寒风，斗严冬。跳出围墙，羞涩展华容。脉脉温情朝雪笑，心趋近，意相同。

志怀高远气清雄。露丰隆，不甘庸。摇尽芳华，仍未忘初衷。纵使春来随雨去，香犹在，味无穷。

2022-01-05

临江仙·削瘦红杉多傲骨

削瘦红杉生傲骨，凌霜款接云霞。两三黄雀啄初芽。北风吹落叶，引我看梅花。

半世流离多感叹，如今用笔攀爬。疫情未了益居家。韶华虽逝去，醒脑有红茶。

2022-01-06

西江月·辛丑腊月初五派塘友聚有感

细说酒中情意，不知加菜多余。三杯下肚挽仙居，忘却殚精竭虑。
已是霜侵两鬓，犹嫌蜡染眉须。相逢几盏醉神躯，胜过寒碜几句。

2022-01-07

离亭燕·昨日微风拂柳

　　昨日微风拂柳。湖畔沐光游走。野岸鲜花多烂漫，蝶舞蜜蜂随后。绿水润双眸，掩映半山奇秀。

　　冬至泡桐消瘦。黄雀未嫌其丑。梅笑始知春已近，不负笙歌钟漏。一众醉今朝，眉语话锋依旧。

2022-01-09

读黄选《题辛丑腊八》后依韵和之

腊八年年有，韶华怎再来？

钟情于旷野，寄兴在书台。

欲学山亭柳，还填一剪梅①。

墨香随袖起，神气伴襟开。

不愿当和尚，无心做秀才。

闲时将漏补，静处把花栽。

感念霜侵鬓，伤怀泪满腮。

岁新添了悟，我亦是尘埃。

2022-01-10

---

① 山亭柳、一剪梅：均为词牌名。

思归

冬雨添寒树未眠，风呼辞丑换寅年。

红梅已放传春信，瑞雪将临盼杜鹃。

常念故乡留守女，不迷新舍杏花烟。

疫情虽阻回家路，难断相思那柱弦。

2022-01-11

辛丑腊月初十傍晚环城路旁寄兴

向晚驻沙堤，凭栏赏麦畦，

天蓝镶朔月，树秃举云霓。

逸兴抓红土，闲情念步犁。

满川皆秀色，劝我撒霜蹄。

2022-01-12

辛丑腊月十五敛思

夹岸枇杷花竞放，左堤枯柳戏鱼凫。

几多征雁思归越，数点红梅笑入吴。

忽近年关嘘往事，时临岁末怅前途。

若知灯火是空影，何不陪尊把酒沽。

2022-01-17

江城梅花引·冬曲

北风萧瑟百花残。气清寒。入严寒。林鸟倦飞，无意别青山。朔月凌霜含皎澈，浮云逸，伴蓝天，欲转弯。转弯。转弯。为哪般。

只凭栏。怎过关。笑罢哭罢，忘不了、平绪寻端。试问流光，几缕照今番。巧遇红梅千万朵，迎瑞雪，接芳春，始自宽。

2022-01-13

八声甘州·迎新年

望青松挺力斗严霜，秃枝敛娇鞏。数红梅含笑，高楼俯视，卢橘余熏。又是年关岁末，净扫待西宾。何处鱼羊味，充斥乡邻？

入耳歌声凝趣，问同行好友，华鬓何因？叹春秋偏短，不及解红巾。盼明朝、随风移步，伴蜜蜂、欣赏菜花裙。休嫌我、满身泥泞，再做农民。

2022-01-16

南乡子·归来

庆疫把头抬，被困三秦实可哀。游子思乡情意切，归来，万语千言尽畅怀。

纵使食清斋。味道香甜不必猜。忘却寒风冰月冷，松开，逐退心中那毒霾。

2022-01-18

唐多令·大寒日植物园赏梅有怀

红素欲迎春。蜡梅早现身。谢北风、带入红尘。满树红妆多妩媚，香沁鼻、色迷人。

傲雪斗乾坤。化泥存魄魂。度春秋、传序常伦。短暂一生心笃定，知困苦、守明真。

2022－01－20

浣溪沙·得姚部长墨宝遣怀

卷轴铺开众兴叹。墨香侵鼻逐严寒。内含情义胜金兰。

神笔抒怀如泊凤，妙词凝纸似飘鸾。方知善爱路长宽。

2022－01－20

浣溪沙·过拥军路 299 号姿多美袜业偶得

一树茶梅出铁门。紫红香艳醉行人。惹吾因此梦山村。

年少不曾分昼夜，鬓华方觉惜晨昏。得闲何必再劳神。

2022－01－21

鹧鸪天·归途

　　黑夜茫茫雨未停，携妻带女逆风行。客居城市烟浑浊，时梦家乡水澈清。

　　心预想，耳恭听。闹钟提示已三更。遥思疫后团圆日，惟盼双亲眼愈明。

2022-01-23

暗香·又回老屋

　　又回老屋。拾幼时乐趣，如今嘉福。驻足后厅，未忘横梁紫檀木。延望墙边碎瓦，却泛起、三分悲戚。叩首向、世祖先贤，寒暖念宗族。

　　成熟。顺变局。记忆里重温，那段元曲。用心启沃。曾有阶庭挺兰玉。无悔投生此地，情意切、穷不贪禄。那至嘱、犹未远，可堪复读。

2022-01-25

喜闻明天有雪

　　预报明朝降雪花，始知槐树负寒鸦。

　　红梅傲雅羞千色，瑞气临门喜万家。

　　有志何愁无大路，入冬仍可饮香霞。

　　幼时痴梦归何处？说笑声中酒代茶。

2022-01-28

壬寅正月初一寄怀兼答杨达寿教授

声声爆竹震翻天，其乐融融在眼前。

一阕新词辞旧岁，满屏信息贺新年。

门庭梅放蜂犹喜，假日人闲菜更鲜。

盛世迎春春送雨，巽风催我续长篇。

2022-02-01

西江月·看朋友赏雪图随感

陶醉眼前新雪，痴迷世外桃源。满山松柏自清闲，鸟雀行踪未见。

落叶伴风迎客，空崖与我寒暄。转头方觉竹相牵，足迹存留后面。

2022-02-01

壬寅正月初二拜年有感

佳肴美味出东厨，打令划拳把酒沽。

笑语盈堂呈瑞气，欢声笃爱映宣炉。

三番礼让思今古，几度觥筹忘俗儒。

无视一旁妻捧腹，再将娘舅当珍符。

2022-02-02

壬寅立春游植物园遣怀

立春时节鸟欢声，杏柳珠芽渐次萌。

四面清流疏旷野，一身豪气入商城。

暗香盈袖辞辛丑，美梦成真忘贱庚。

喜听南音协北调，自当张瑟和银筝。

2022-02-04

采桑子·迎春凝思

熙阳普照风承意，大地回春。梅笑迎春，静待人间处处春。

霜侵两鬓情难了，怎挽青春？无力争春，方解游蜂爱惜春。

2022-02-06

题石屏

宽大页岩呈彩色，斜纹竖理真奇特。

孰材孰料怎区分，是琢是雕难揣测。

好似山河锁眼眸，犹如海屋舒双翼。

无声却使我心明，他劝世人应守则。

2022-02-11

水调歌头·壬寅正月初六晚感怀

经久未谋面，一见续前因。笑容堆上眉角，三句不离亲。度过艰难辛丑，步入壬寅唱卯，情义重千斤。且莫论残雪，携手共迎新。

酒香溢，盘已罄，语音频。拾零捡趣，常道衔梦做农民。春季勤劳耕作，暑后欣然收获，克俭睦乡邻。触动情深处，抬眼看风云。

2022-02-06

壬寅正月初十过仙姑庙随吟

参天绿树掩红墙，几缕香烟绕佛光。

残破石碑传故事，钟声劝我莫彷徨。

2022-02-10

题赠龚昌明老师

风轻雨细绣湖平，一众乡贤墨寄情。

欲沁书香求进取，初通志趣遇昌明。

才高八斗华章胜，学富五车世态赢。

恭祝壬寅扬虎气，五湖四海尽神行。

2022-02-17

题地耳

一遇春风醒，翻身为雨来。

不知谁播种，疑是叶移栽。

有耳能依土，无根怎上台。

从意成野菜，心却付尘埃。

2022-02-18

生查子·壬寅正月廿一福田公园随吟

小草斗春寒，细柳沐风醒。野凫出枯芦，群厦投明镜。

傍树饮幽香，临水观疏影。桥下几条鱼，忘情把歌听。

2022-02-21

百字令·雪

乘风起舞，促苍松裹素，山川留白。未料江湖颜面失，却让城乡同色。慰鼠安眠，唤梅开放，舒缓吹长拍。曲躬毛竹，奉迎天外来客。

且让迷惑双眸，搅浑幽梦，浅醉清凉国。欲借丹青描入纸，提笔缺难开笔。举意谁知，浮云无奈，神气凝郊驿。化融成水，亦滋春夏光泽。

2022-02-23

鹧鸪天·搬仓库有感

储费增加几未眠，趋时盘点累三天。欲推台上标身价，仍盼桌边赚酒钱。

心有念，意难言。伴吾辛苦已多年。高低厚重将萦梦，责任担当永在肩。

2022-02-25

早春杂感

远山娴静数峰岿，湖畔风鸢各自飞。

点点波光跟浪走，声声鸟语唤春归。

熙阳润物留清影，白发衰容惜寸辉。

莫再催芽经盛夏，金秋不会阐明微。

2022-02-26

春回幸福湖

云影伴鱼凫，梅香引鹧鸪。

栈桥亲绿水，光色醉耆儒。

脚踏康庄道，情迷幸福湖。

远山虽不语，却欲入春图。

2022-02-27

清平乐·观瀑有感

乱珠飞起，集聚成帘体。万朵银花将石戏，意在碧澄潭底。

归去几道弓弯，因何转向西南。草木犹知春夏，此中情趣谁谙？

2022-02-27

蝶恋花·参观红色文化图片展遣怀

百幅珍图墙上挂，醒目标题，品类多元化。红色收藏人说傻，痴情一片心无诈。

易变风云应记下。睹物凝思，格调仍高雅。细品犹知光策马。从今筑梦言凌跨。

2022-03-03

临江仙·参加雷锋小学活动有感

莫问珠芽谁唤醒，杏梅香气醇浓。孝慈仁爱意相同。成行皆善友，前小话雷锋。

主席题词吾谨记，精神已刻心中。童声响亮唱英雄。巽风吹进校，旗帜更鲜红。

2022-03-04

苏幕遮·参加"巾帼雷锋进校园，
美味送给小天使"有感

送书包，烹食菜。巾帼英雄，个个多能耐。天使因君而悦恺。美味悠尝，悚怯丢云外。

以仁慈，传喜爱。但愿乌伤，万众皆康泰。修德善行终不改。坐等春风，温润新时代。

2022-03-08

浣溪沙·陌上花开玉蝶忙

陌上花开玉蝶忙，放鸢童叟饮春光。欢声笑语溢田庄。

风暖走心思野趣，水清留影入诗囊。悦情怡目忘苏杭。

2022-03-13

过古月桥有感

古桥飞越龙溪上，不怕千年雨雪侵。拱石怡神留逸影，缓坡衔路奏谐音。

倾情雅治担风月，寄语儿孙话古今。西去浪花犹未远，春回鸟雀更痴心。

2022-03-16

浪淘沙令·春雨挡朝霞

春雨挡朝霞，重返农家。烟溪左岸几声蛙。细柳垂杨成一片，外感骄夸。

驻足赏樱花，心系天涯。此生无悔入尘沙。两鬓霜侵犹未觉，还品新茶。

2022-03-17

玉楼春·赏樱遣怀

幸福湖边樱似雪，始觉辛夷何俏洁，暖风轻拂笑颜开，骤雨一来疏影别。

不管人生多俗劣，愿用诗词吟岁月。枝头彩蝶已成双，我为勤蜂填一阕。

2022-03-18

春山踏青感怀

清泉奏曲出深山，路过渊潭几道弯。弄影松边空寂寂，和鸣石上水潺潺。

浮云本意随风走，野艾柔情为哪般？十里桃红蜂蝶醉，不知花下有玄关。

2022-03-19

会饮

几度觥筹几度推，瓶空一众引诗媒。抬头欲问松间月，入口难抛手上杯。

友聚神怡心畅爽，情真意切笑徘徊。明知已有三分醉，仍愿与君再占魁。

2022-03-21

东坡引·又同春邂逅

菜花频翘首，垂杨屡挥袖。清香总把游蜂诱，又同春邂逅。又同春邂逅。

巽风拂绿柳，玉轮依旧。一入夏、谁消瘦？且听水里蛙重奏，知心应足够。知心应足够。

2022-03-23

锦帐春·杨柳青青

杨柳青青，旦云袅袅。听雨后群蛙嬉闹。妒黄花，欺绿草。看游蜂争吵，鹧鸪欢笑。

玉燕将归，巽风先到。数颜色方知春好。路嫌长，光恨少。任他人鼓噪，我仍清妙。

2022-03-26

水龙吟·壬寅二月廿六过万村萧皇寺与俗家住持闲聊偶得

艾蒿鲜嫩香交沁，繁叶风中传演。桃红柳绿，鸢飞莺笑，蝶蜂相恋。雨润清明，草迎谷雨，淡云舒卷。那出水尖荷，抬头四望，群蛙唱、音成片。

瘟疫欺人不浅。已三年、未曾谋面。月光投影，韶华收迹，心痴怎变？路过萧皇，访仙寻道，坐禅沉淀。听苍松寄语，尘间俯仰，有何嗟羡？

2022-03-28

游三县第一潭随感

古道苍松引我行，龙潭碧水礼相迎。

雾陪修竹云犹远，蝶伴朱藤鸟不平。

浴洗菖蒲多自在，寄生苔藓厚交情。

青山总有真香味，短暂人生许励精。

2022-03-29

春雨

叶哭枝摇泪入河，尘埃洗去绪犹多。

跳珠连续敲南牖，迷雾空蒙锁北坡。

一出前门撑锦伞，梦回老屋找寒蓑。

路旁青石闲无事，欲听先贤白纻歌。

2022-03-31

卜算子·祭奠英烈感怀

魂魄化青松，浩气存星月。弹雨枪林勇向前意念坚如铁。

持菊立碑前，致敬诸英烈。起誓从今不负君，为国担风雪。

2022-04-02　填于长城公园

鹧鸪天· 老屋

老屋旁边绿满坡，三条黑犬逐群鹅。古樟闲奏清明曲，耆叟轻哼世态歌。

锤冷落，臼消磨。四檐陶瓦奈如何？庭前艾草幽香味，犹记南门故事多。

2022-04-04

壬寅三月初八过檀宫有怀

白鹭群飞鸟尽欢，轻盈柳絮吻雕栏。

微波乱影鱼牵梦，绿叶丰神石戴冠。

何处赏春春历久，一时惊夏夏形残。

仙山脚下云游客，醉在檀宫话锦檀。

2022-04-08

诉衷情令·闻鲍师长转业有怀

别离飞院向天蓝，云已证承担。当年征梦犹在，尘染旧衣衫。

鸿鹄志，内心含。味余甘。此生无悔，身在乌伤，情系江南。

2022-04-09

竹

养心藏匿深三尺，出土寻情数丈高。

细叶随风呈寡淡，挺胸呼雨显英豪。

虽无瘦果知忠节，却有虚怀识晦韬。

嫁给青山生瑞气，屡凭谦雅得诗骚。

2022-04-10

青玉案·香樟屡听山樱诉

香樟屡听山樱诉，敛翠伞、将花护。逝去光阴松未负，久经冬夏，不知迟暮，方得风矜顾。

管他落叶归何处，我只坚持一条路。莫问今朝行几步？且观云逸，再聊春驻，鸪唤才惊悟。

2022-04-11

临江仙· 抗疫

为阻新冠侵孝地，齐心构筑围墙。核酸查检不彷徨。全民凝共识，上下尽提防。

网络明宣传更广，唯求民众安康。一方有难八方帮。凄风终过去，雨后是阳光。

2022-04-12

暮春感怀

柳影湖边逸，雏鸦树上啼。

暮春花欲谢，初夏麦将齐。

两鬓遭霜染，三更被韵迷。

岁能磨意志，我不负东西。

2022-04-13

汉宫春·已过清明

已过清明，见红花谢去，露出青桃。嫣然杜鹃刺眼，难挽春娇。雍容月季，以柔媚、引蝶来撩。迎谷雨、群蛙合唱，湖边一片歌谣。

丰草又侵行道，觅当年足迹，再上廊桥。羞言宙无表里，物有分毫。辛酸往事，到如今、浑似鸿毛。霜染鬓、离经辨志，此心仍欲登高。

2022-04-15

一剪梅·柳絮乘风欲入庭

柳絮乘风欲入庭。脚步匆匆，舞步盈盈。池蛙合唱送春行，不恋红花，却爱浮萍。

饶舌鹡鹩顾自鸣。身在枝头，心向山陵。荣枯进退已无惊，若有新词，必定通情。

2022-04-16

行香子·防疫

病毒迟停，桃雀悲鸣。白衣天使逆风行。冲锋前进，战疫尖兵。为民康泰，区安定，国丰宁。

城乡共举，齐心防范，有夫妻甥舅同屏。青年志愿，也是豪英。共守家门，筑屏障，见真情。

2022-04-17

访蒋坑有怀

青山育蒋坑，绿水发和声。
翠竹从窗入，香枫与松争。
石桥通古道，别墅约新盟。
醉在清风里，醒来忘返城。

2022-04-19

携妻登大寒尖有感

寒山多秀色，引我上台阶。

眼饱飞龙瀑，心惊断壁崖。

傍泉行石径，依杖入云斋。

瑞气排愁苦，清幽可畅怀。

2022-04-21

遣怀

奋进途中几退寻，众多情谊伴忠箴。

不知自己依缘少，难怪他人入戏深。

传说义徒曾负势，相逢恭士又行参。

花开又谢皆因果，何必问天卜六壬。

2022-04-22

鹧鸪天·海军节感怀

日晒雨淋苦作甘，劈波斩浪入龙潭。北疆南岛无凶险，卫国强军有内涵。

知使命，敢分担。如虹舰阵向深蓝。风云变幻听召唤。不愧中华七尺男。

2022-04-23

蝶恋花 · 赏月季随笔

俊雅雍容摇丽影。蝶戏群芳，金粉沾衣领。花蕊溢香蜂酩酊，风吹雨打它才醒。

一过三春须养静。不怕惊雷，唯恐诗多病。神逸不知词窘罄，翻书似觉人潜听。

2022-04-24

壬寅三月廿七夜行偶感

绿草池边隐暗蛩，歌声阵阵寓情浓。
高楼似解其心意，沐浴霓虹盼晓钟。

2022-04-27

浣溪沙·蔽日浮云任卷舒

蔽日浮云任卷舒，巽风携雨润丘隅。疫情之下且安居。
提笔借词思战友，静心平气待金蕖。莫将沧海看成虚。

2022-04-29

苏幕遮·见管控区民众收到政府生活物资有感

蒜三头，姜一块。牛肉洋葱，还有鲜蔬菜。干面青椒分两袋，那尾黄鱼，似懂今时态。

人民心，生感慨。病毒无情，举动皆仁爱。坚定清零终不败。共渡难关，你我心澎湃。

2022-04-30

如梦令·大白

护服掩遮名姓，难见柳眉花影。镜后那双眸，满是初心使命。崇敬，崇敬，国有诸君安定。

2022-05-01

过横塘公园随吟

倚水浮萍逗野凫，伴桥杨柳唤桑姑。

风来落叶知归路，雨至游蜂不识途。

心静好评三国事，眼花仍做百城奴。

诗词梦里无财色，韵律春秋酒一壶。

2022-05-01

五一假期弟兄仨同游植物园有感

假日正晴天，公园续旧缘。

回眸银杏下，驻足栈桥边。

忆古思乌鹊，怀今问杜鹃。

笑谈风雅事，嗟惋疫情年。

卅载情真切，一生义更绵。

浮名皆放下，不再利当先。

2022-05-02

念奴娇·幸福湖畔遣怀

逸身湖畔，听微波细语，群蛙叨絮。绿草抬头花讪笑，玉蝶勤蜂呵护。黛瓦轩窗，三分羞涩，栖隐林深处。闲云詹慕，欲留于此久住。

且自沾沐幽香，伴随光影，兴赏鸥回舞。莫问春秋谁做主，景在眼前难负。细品心声，悠尝况味，养乐宜安步。寄怀亭阁，对南风把情诉。

2022-05-03

游李祖感怀

鲜花难尽数，彩蝶随蜂舞。

老叟醉唐诗，儿童迷李祖。

欢歌出野庭，乐曲盈边户。

创客已传花，村民同击鼓。

2022-05-04

五四戚宅岭徒步感怀

五四徒翻戚宅岭，清风古道感烟津。

青岩静默千年过，泉水欢歌百代新。

粉艳蔷薇生瑞气，跃飞麻雀识乡邻。

大方① 藏宝犹宁静，义浦② 情深胜六亲。

2022-05-04

① 大方：指大方村，位于义乌与浦江交界处。从李祖翻越戚宅岭可至大方村。

② 义浦：指义乌和浦江。

水调歌头·摘桑葚

麻雀叫时夏，瑞气漫桑田。几多童叟欢笑，应是已尝鲜。我欲提篮攀摘，却又无从着手，迷醉在枝边。驻足理思绪，生梦入龙轩。

草凝绿，风爽逸，趣难言。那张阔叶，养大蚕宝吐勤虔。穿上绫罗绸缎，不读诗词歌赋，日久实堪怜。愿唤人清醒，由此续长篇。

2022-05-05

喝火令·雨中植物园漫步遣怀

细雨亲杨柳，孤亭引白鸥。鹧鸪声里绿繁稠。烟雾顺风弥漫，情趣请君收。

欲伴清波逸，心随小叶舟，叹韶华逝去难留。短暂人生，岂可负春秋？品味落花流水，不再计沉浮。

2022-05-09

小重山·小麦金黄时别春

小麦金黄时别春。古樟知岁月、又一轮。清风撩起柳衣裙。花谢去、莺说有香痕。

吾本是凡人。自知庸可赎、遂提神。鬓华心静入簧门。生残梦、眉上却凝真。

2022-05-10

一七令·雾

雾。锁窗，遮户。裹远山，缠绿树。不见身影，堪闻脚步。欲把世封存，难招光化募。潇洒不跟云逸，婉晦甘随雨渡。一时惑眼不欺心，风后寓情仍化露。

2022-05-11　填于凤凰谷

养蚕人

遍身罗绮有清涵，稚态纤形养柞蚕。

桑叶洒铺兼寄语，亮光侵入不浮谈。

凌云概日风霜动，作茧萦丝独自担。

但愿山河延岁月，化蛾飞火也心甘。

2022-05-12

山坡羊·时逢初夏

时逢初夏，心无牵挂，悠闲漫步红旗坝。绿青蛙，叫呱呱。乌鸦却说风凉话，凫鹜一群都犯了傻。雾，不是假；烟，不是假。

2022-05-13

虞美人·初夏

黄花鸢尾张开眼，石露潭清浅。避羞梅杏望蒲荷，树下蛙声连片、为谁歌？

南风不问春归路，却把枝条数。金黄麦浪引斑鸠。应是与君一起、庆丰收。

2022-05-16

初夏遣怀

倚山临水起游思，坐看垂荫入玉池。

逸影浮云风不解，紫红桑椹鸟先知。

谁言万象无痕迹，我得三光有丽词。

若是相思成寂寞，何须等到梦醒时。

2022-05-16

浣溪沙·自嘲

自诩翻过几本书，醉迷风韵用心呼。乱填词曲做狂徒。

初夏少香浑不觉，立秋千果得真如。未思摔倒有谁扶。

2022-05-17

木兰花·壬寅四月十七红伟公司小聚有怀

香樟爱听鹧鸪语，月季和时生逸趣。巽风曾把夏阳催，甘雨仍将春梦续。

乌伤不少奇儿女，勇立潮头燃火炬。勤劳致富有精神，礼义传家无积虑。

2022-05-17

沁园春·初夏遣怀

春夏之交，花褪鲜衣，树戴翠冠。看虹桥安卧，鱼凫洒逸，风云变幻，鸥鹭恬然。向往空幽，收藏寡淡，暂借曦光参悟禅。蛙沉默，鹧鸪高声唤，屡次三番。

游思浅附眉弯，照只影、苍颜不忍看。叹人生如梦，流年似水；身从弱柳，意许幽兰。文雅千回，遣怀几度，两鬓秋霜难隐瞒。韶华逝、解名缰利锁，始得心安。

2022-05-19

酒后步楼会长韵而题

旱涝方知种菜难，肚饥才会想饕餐。

淤泥裹脚耕辛苦，汗水凝身晒福安。

酒足羞谈乡野路，茶余又上子陵滩。

满桌荤素皆真味，笑对油香打键盘。

2022-05-20

声声慢·榴花吐艳

榴花吐艳,芦橘浮黄,青梅羞涩宁谧。绿柳妖娆,长袖欲扬无力。南风又催季节,过农田、尤为明晰。麦起浪,伴鹈鹕唤夏,调音何急。

已至江河小满,自慨忆、曾经与君休戚。再入黉门,愚昧漏思疏涤。痴迷倚声古韵,去烦忧、心情无壁。偶有得,惜如金、生怕涌溢。

2022-05-22

浣溪沙·初夏感怀

雅艳榴花似彩霓,杏黄梅熟压枝低。善歌鸪雀欲同栖。

花季世情犹未结,晚年心意怎堪提?会通时趣少钩稽。

2022-05-24

临江仙·夏至炎阳欺嫩草

夏至炎阳欺嫩草,淡云潇逸翻飞。古樟葱郁鸟声微。南风频弄影,群蚁紧相随。

几朵花开能结果?应知天道轮回。繁枝掩护小青梅。劝吾休等候,教蝶早思归。

2022-05-25

夏雨

忽听窗前起梵音，不知谁在抚瑶琴。

带来浅雾通神韵，唤醒清风动素心。

诚意化珠因气象，感恩亲土有胸襟。

善行从不分寅卯，奉引诸贤入阮林①。

2022-05-26

金莲绕凤楼·雨中遐思

密雨清风催蛙醒，荷舞袖、金莲摇影。碧波回荡桥淑静，惹鱼凫、六神难定。

飞烟欲过翠岭，行一半、还归凤秉。警心钟鼓谁人听？迷茫时、泡杯香茗。

2022-05-28

雨中闲吟

鹧鸪嘘叹众蛙鸣，似对天公喊不平。

一度犯愁因积雨，几声抽泣露悲情。

但观荷叶含珠泪，欲请晨钟挽落英。

池水浊清皆造化，再逢阴霁勿嗟惊。

2022-05-29

---

① 阮林：意为叔侄与亲朋好友聚饮之地。缘于三国魏阮籍与侄阮咸同预竹林七贤之游。

幸福湖边漫步偶得

每逢炎夏汗侵身，总到湖边卸垢尘。

风带暗香熏醉我，雨催繁绿挽伊人。

鹧鸪欢唱情无假，菡萏融诗意本真。

常羡彩云天上逸，不知舒卷有经纶。

2022-05-29

生查子·访连环画收藏家王瑞真有感

未忘少年时，挨过多回骂。课余太入迷，寤梦亦牵挂。

教子识英雄，催女知华夏。一辈子真情，全付连环画。

2022-05-30

参加纪念冯雪峰119周年诞辰座谈会有感

绵绵夏雨沐青松，友聚神坛忆雪峰。

时值正阳风欲静，气和文学意犹浓。

追思往事于诗作，致敬先贤以礼容。

各诉情怀因铄颖，打开格局继遐踪。

2022-06-02

水葫芦

池塘长满水葫芦，一片蛙声叫雅儒。

绿毯无声迷众目，紫花形状显规模。

丹青善用三原色，淡泊无须八阵图。

万物生存皆有理，清风亦爱小江湖。

2022-06-09

浣溪沙·荷塘边遇雨有怀

出水芙蓉喜日长，蹑潜凫鹜欲偷香。忽来灵雨湿衣裳。

曾为俗尘劳念想，只将春色当时妆。历经寒暑不心慌。

2022-06-10

凤凰台上忆吹箫·乔木森森

乔木森森，碧荷萧逸，半开莲似娇羞。那暮云翻卷，欲食山丘。休说桥栏少趣，波寄语，却不轻浮。花飘落，群鱼竞逐，惹急银鸥。

回眸，季春雨里，红伞下同行，影也温柔。叹丽光难转，情义空流。唯有诗词歌赋，如美梦，重上心头。时初夏，新蝉已鸣，小曲通幽。

2022-06-11

雨后闲吟

雨后芭蕉敛泪花，气鲜流水伴鸣蛙。

芙蓉羞涩鱼欢跃，白鹭悠然草自暇。

长坝侧身波欲隐，柳湾投影意犹嘉。

更多风景在人物，请看顽童逗乳鸦。

2022-06-14

采桑子·赴衢州市参加革命传统教育宣讲会有感

驱车百里传红色，来到衢州。情义浓稠，巧遇先生也姓缪。

一杯甘洌衢江水，几代风流。春播秋收，古老柯山更雅遒。

2022-06-15

摘杨梅

未到山盆①念果园，只因酸味止流涎。

风清气爽童欢笑，叶绿梅红叟语甜。

来者众多皆是客，三杯过后有诗篇。

若无襟袖成丹紫，怎觉风华在眼前。

2022-06-17

---

① 山盆：指赤岸镇山盆村，为义乌的杨梅基地之一。

仲夏闲吟

仲夏入丛林，乘凉听鸟音。

意随光剪影，痴伴草怡心。

叶落难知觉，蝉鸣不自禁。

桂香犹可待，风过怎追寻。

2022-06-18

满庭芳·雨前遐思（周邦彦体）

枝静蝉鸣，水平云逸，鹧鸪犹怪无风。远山丰黛，林木尽葱茏。湖面含羞菡萏，暗香动、窥探苍穹。沙堤上，蛇形蚁队，脚步急匆匆。

追踪，随背影，繁花渐谢，余趣相同。绿草如茵际，休负时空。天地倾心万载，未分手、可谓情浓。凭谁问，人生苦短，秋后有寒冬。

2022-06-18

扬州慢·湖畔桃红

湖畔桃红，屋檐津滴，乔云潇洒依然。那浓妆月季，笑我已三番。入梅雨、跟随夏至，鹧鸪声乱，难觅行蹑。霎时间、抛忘图文，无意贪欢。

壮情渐少，问缘由、回说心宽。是淡定虚怀，悠闲旷志，除去孤单。忽觉古樟知我，生机趣、亦得清安。若韶华长在，秋冬还是一般。

2022-06-21

闲吟

秋霜染鬓眉，无悔把风追。

读懂蝉鸣意，方知我是谁。

敢从容面对，难刻意恭维。

雅静平思绪，心生向日葵。

2022-06-22

高考后

犹记东中两个班，一文一理互追攀。

感恩师友频相助，未取功名也不屑。

祝福声中惊毕业，独吟诗里梦循环。

人生坎坷谁无始，看淡风尘胜闯关。

2022-06-25

鹧鸪天·盛夏感怀

寂寞长街遇赫曦。紫薇羞涩把头低。巽风迟到枝安静，游蝶无踪影陆离。

尊习俗，礼从宜。已经尘世不惊奇。听蝉又做春秋梦，犹记儿时那道题。

2022-06-26

满江红·回忆方太

额刻深纹，霜侵鬓、须眉染雪。神愈炯、笑容依旧，意坚似铁。方太前门常补脑，海关路口推恩结。到如今、梦里苦追寻、情尤烈。

叹离别、身未歇。担责任、关风月。那胸怀信念，不曾耄耋。逝去青春无悔恨，此时愿望犹真切。盼慈溪、能永立潮头，增新页。

2022-06-27

荷塘雅意

暑夏荷塘叠绿绸，高低起伏竞风流。

盛开菡萏知描画，善舞蜻蜓欲揽收。

碧伞呼云生雨露，明珠唤水惜春秋。

群鱼戏耍追霞景，我伴新蝉再啭喉。

2022-06-28

祝英台近·夏日游思

叹流光，寻出路，无绪始回首。岁月欺人，还得往前走。历经离合悲欢，酸甜苦辣，一眨眼、尽皆尝透。

欲缄口。曾为虚利浮名，用青春作秀。笑对荼蘼，终不忍迁就。玉蝉窗外长吟，声情并茂，似询我、几多良友？

2022-06-29

避暑

欲向香樟借点荫，浮云不肯把时禁。

金蝉急问骄阳意，骤雨深知绿叶心。

三避炽炎流汗水，独求清爽入森林。

花言鸟语随他去，且听南风抚玉琴。

2022-07-05

乘凉

碧水映长空，金蝉唤巽风。

乘凉青帐里，避暑密林中。

偶遇红衣女，时谈白发翁。

静心听鸟诉，无意问杉松。

2022-07-06

越之魂

面朝东海有乾坤，锦绣钱塘聚福根。

日月生成山水色，风云染就宋元温。

苏堤咏柳留诗路，婺剧连台举桂樽。

百岁西泠通篆刻，图文印满越之魂。

2022-07-07

相见欢·荷花

姻连六月轻妆。溢幽香。勾惹蜻蜓心动，几彷徨。

巽风拂，绿裙舞，为莲房。不论蝉声多乱，自清凉。

2022-07-09

酷暑杂吟

祝融催暑来欺我，一出家门汗湿襟。

曾怪雪松离软石，始知群鸟入丛林。

低头稗草难承意，独唱金蝉却用心。

篁竹问云何处去，渺茫天际有谐音。

2022-07-10

木兰花·登高感怀

听说北山多景秀。可上顶峰观宇宙。松肃立，竹擎天，几滴水将岩刮瘦。

一到断崖心发抖。胸闷气虚身退后。金蝉劝我望前川，休再梦萦官渡柳。

2022-07-11

题杨南山

柳青奇士数南山，苦渡人生几道关。

坐裤声名传巷野，沧桑一过震天寰。

2022-07-12

临江仙·酷暑孤吟

七月骄阳烹大地，祝融翻倒洪炉。路旁花草盼风扶。金蝉声太乱，菡
萏影清姝。

避暑林荫思往事，鬓华无奈惊呼。不知谁掌世荣枯？嫩枝明夏意，
枫叶念秋图。

2022-07-14

壬寅初伏闲吟

金蝉卯际已先醒，唤出骄阳闹不停。

我托空调驱喘汗，它求太岁减心灵。

出门方懂多炎暑，遇事因循少僭名。

欲借时光之体韵，浅吟诗句慰曾经。

2022-07-17

阮郎归·夏雨泽润畅怀

忽尝甘露草言欢，樟醒舒翠冠。紫薇惊喜出雕栏，青荷思比攀。

风守静，水回湍，钟情于远山。马蝉声里意相传，心平天地宽。

2022-07-18

西江月·人工增雨有感

草盼雨神怜悯，树求甘露繁滋。忽闻飞信向天池，唤醒龙王济世。

万物生津止渴，乡民消暑舒迟。响雷何处少人知，我却应声写志①。

2022-07-19

踏莎行·酷暑遣怀

月季忧愁，蔷薇欲哭。金蝉却唱催眠曲。林荫道上避骄阳，一身汗碱侵衣服。

已历冬寒，仍挨夏曝。人生就像一棋局。不随人众去乘凉，只缘偏爱黄金屋。

2022-07-21

---

① 写志：抒发情志。

浣溪沙·炎夏杂吟

电扇难驱六月阳，空调化解暑烦伤。内心安静自乘凉。

光影纵横催我进，历经冬夏不惊慌。且将时序做仓房。

2022-07-22

酷暑闲吟

后门园畔玉蝉鸣，嫩枣忧阳起厉兵。

傅粉荷花犹自叹，寻风柳叶任鱼评。

浮光掠影随他去，酷暑寒冬伴我行。

莫问蜻蜓何处宿，绿浓荫里有柔情。

2022-07-24

老弄堂

祝融频虐草凄惶，信步重回老弄堂。

残缺瓦砖存记忆，打斜梁柱识风霜。

童年趣事今犹在，父老乡亲未淡忘。

墙角暗蛰叮嘱我，石苔生处更清凉。

2022-07-26

天仙子·荷塘边

树上金蝉声不止，水畔蛙鸣如闹市。直教麻雀忘尘言。呼女子，询名氏，娇艳瑞莲她所指。

一缕煦风何处始，花未及眸香已至。草鱼催我问蜻蜓。高雅士，多明志，身洁品端人说是。

2022-07-28

傍晚遣怀

暮烟心欲向山河，骤雨来时已上坡。

天衬晚霞皆洒逸，人生幻影几婆娑。

当年趣事堪回味，此刻无名怎对歌？

纵使西风吹叶落，痴情一片不蹉跎。

2022-07-31

鹧鸪天 · 8.2 突发疫情感怀

疫历三年脚未停，一波又起众嗟惊。核酸通检排长队，全省驰援点义兵。

拼昼夜，付忠情。白衣天使保安宁。牛郎织女今相会，亦为乌伤祈太平。

2022-08-04

加入中国散文学会抒怀

又上一层楼，仍怀几缕忧。

拙文人赞许，余意梦春秋。

企盼观四海，躬耕在斗牛①。

愿填词百阕，歌咏我稠州。

2022-08-05

抗疫

七夕之前怪夏阳，只因炎暑太猖狂。

曾思桂月休闲去，未料商城被疫伤。

全市动员齐出击，一心消毒不彷徨。

冠魔戾气难长久，雨后金花会更香。

2022-08-08

疫思（环复回文诗）

闲余未料有时艰，料有时艰显悴颜。

颜悴显艰时有料，艰时有料未余闲。

2022-08-14

---

① 斗牛：指吴越地区。因其当斗、牛二宿之分野，故称。

临江仙·静默是灵符

只怪炎阳携病毒，又来侵扰宫庐。安时静默是灵符，手持桃木剑，众画斩妖图。

鄙戾新冠休僭妄，商城不信邪乎。党员民众意何如？心坚凝一处，誓把恶魔诛。

2022-08-13

河渎神·盼解封

清夜月悠闲，隔窗相望难眠。明朝霞起逐愁烟，光彩重回世间。

可恶冠魔频作孽，无辜民众喑咽。期盼白衣豪杰，及时将毒消灭。

2022-08-18

迎解封

8.2疫情发生已逾半月，全域静默管理近十天。欣闻小区将于21日解除静默，感而作此。

暑夏遭魔疫，空调也泪流。

城乡封控际，政府纵横谋。

草且知生命，人皆盼自由。

明朝禁解后，不会再悲秋。

2022-08-20

191

跋

　　义乌自古有"小邹鲁"之称。"博纳兼容，义利并重"的民风，"崇文、善武、善贾"的民俗是中华民族文化之泓泓一脉。千百年来，义乌人始终在传承着文明，演绎着辉煌，从而使义乌这座小城蜕变为举世闻名的国际商贸城，艳光四射，魅力无限。

　　作为一个喝着义乌水长大，并在这片热土上摸爬滚打了五十多年的义乌人，这里的每一阵风都是我熟悉的，每一滴雨都是我依恋的，所以，我没有理由不赞美她。用诗词记录我的生活，用诗词勾勒她的神韵，正是出于我对这片土地的深深爱意。

　　"如果没有中华五千年文明，哪里有什么中国特色？"优秀传统文化是我们中华民族的宝贵财富。在百年未有之大变局下，坚定文化自觉与自信，坚守中华优秀传统文化这一块阵地，把它当作理念和担当，一直传承下去，这是我们当代文学工作者的义务和责任。

　　在这种时代背景下，拙作《椎轮之辙》终于付梓了。

　　《椎轮之辙》诗词集以景物为主线，用诗词记录在"绿水青山就是金山银山"精神指引下本人眼中义乌城乡环境和人文景观的变化，通过现实生活中各行各业普通劳动者追梦、圆梦的真实事例，反映义乌人民在实现"先行先试"的自由贸易试验区里，"干在实处、走在前列、勇立潮头"的精神风貌，进而讴歌祖国的大好河山和美好时代。在诗词中，或许能读出一些关于"莫名其妙""无中生有""点石成金"的端倪。

　　《椎轮之辙》的出版，是我人生旅程中的一件大事和喜事，得到了各界师长的大力支持。承中华诗词学会发起人、著名诗联书法家吴亚卿先生撰序并题写书名；中国楹联学会理事、浙江省诗词与楹联学会顾问楼立剑先生作序；原芜湖军分区政治部主任、南京天镜书画院院长、《铁军》杂志副总编姚定范题词；原义乌政协副主席刘峻、义乌市佛堂镇作协副主席王和清赐墨；在原金华市作协主席李英，浙江大学教授杨达寿，知名艺术家郦文龙夫妇，义乌市文联副主席赵国强，金华市作协副主席、义乌市作协主席何恃坚，浙江科普作家协会理事吴优赛和义乌吴氏宗亲会执行会长吴洵智老师等诸师友的关心、指导和帮助下，出版工作得以顺利进行。在此，谨向关心、支持本书付梓的各位师长、亲朋好友表示衷心感谢！

因本人水平有限，兼之选编仓促，书中难免有不足之处，敬请读者批评指正！

缪文中

2023 年 5 月 25 日

图书在版编目（CIP）数据

椎轮之辙 / 缪文中著 . -- 杭州 : 西泠印社出版社，
2023.11
ISBN 978-7-5508-4361-5

Ⅰ . ①椎… Ⅱ . ①缪… Ⅲ . ①诗词－作品集－中国－
当代 Ⅳ . ① I227

中国国家版本馆 CIP 数据核字（2023）第 237411 号

椎轮之辙

缪文中　著

责任编辑	叶　涵　程　璐
责任出版	冯斌强
责任校对	吴乐文
出版发行	西泠印社出版社

（杭州市西湖文化广场32号5楼　邮政编码　310014）

电　　话	0571-87240395
经　　销	全国新华书店
制　　版	杭州如一图文制作有限公司
印　　刷	浙江海虹彩色印务有限公司
开　　本	700mm×1000mm　1 /16
印　　张	14
印　　数	0001—2000
书　　号	ISBN 978-7-5508-4361-5
版　　次	2023年11月第1版　第1次印刷
定　　价	68.00元